멈춰야 보이는 것들

정운복과 함께하는 힐링 에세이

멈춰야 보이는 것들

펴 낸 날 2026년 3월 9일

지 은 이 정운복
펴 낸 이 이기성
기획편집 이서은, 최인용, 권희연
표지디자인 이서은
책임마케팅 이수영, 김정훈
펴 낸 곳 도서출판 생각나눔
출판등록 제 2018-000288호
주　　소 경기도 고양시 덕양구 청초로 66, 덕은리버워크 B동 1708호, 1709호
전　　화 02-325-5100
팩　　스 02-325-5101
홈페이지 www.생각나눔.kr
이 메 일 bookmain@think-book.com

• 책값은 표지 뒷면에 표기되어 있습니다.
  ISBN 979-11-7048-988-7 (03810)

멈춰야 보이는 것들

정운복과 함께하는 힐링 에세이

정운복 지음

생각나눔

−텃밭에서 줍고 고전에서 낚은 삶의 조각들−

　창밖의 바람이 서늘해지고 길가의 코스모스가 한들거리는 계절이 오면, 마음속에 묵혀두었던 생각들이 고개를 듭니다. 올해도 작은 텃밭에 알타리를 심으며, 저는 또 한번 제 안의 욕심과 마주합니다. 씨앗을 촘촘히 뿌린 덕에 비좁은 공간에서 애쓰며 자라는 어린 싹들을 보며, 비워내지 못한 마음이 도리어 생명을 억누를 수 있다는 평범한 진리를 다시금 깨닫습니다.

　이 책은 대단한 사상을 설파하기 위해 쓴 글이 아닙니다. 춘천의 닭갈비 골목에서 느낀 소박한 정취, 설악산 대청봉의 매서운 바람 속에서 찾은 고독, 그리고 2천 년 전 노자와 장자가 건네온 오래된 질문들에 대한 저만의 작은 대답들입니다.

　우리는 늘 더 높이 오르기를 갈망하고, 더 많이 소유하기를 희망하며 살아갑니다. 하지만 산에 오르면 반드시 내리막이 있듯이 우리 인생도 비움과 채움의 균형이 맞아야 비로소 아름다워집니다. 저 역시 때로는 흔들리는 코스모스처럼 약해지기도 하고, 때로는 생의 수레바퀴 앞에서 스스로 부끄러워하기도 하는 평범한 여행자일 뿐입니다.

이 짧은 글들이 독자 여러분께 작은 쉼표가 되기를 소망합니다. 세상이 정한 속도에 숨이 찰 때, 남들과 비교하느라 내 안의 꽃을 보지 못할 때, 이 책 속의 이야기들이 '당신의 계절은 반드시 온다.'라는 따뜻한 위로가 되었으면 좋겠습니다.

부족한 글이지만, 텃밭의 흙냄새와 가을 산의 청량한 공기가 여러분의 마음에도 전해지길 바랍니다.

2026년 정초, 여여당(如如堂) 서재에서

|차 례|

제5장 배움의 향기

제6장 다르게 보는 힘 

제7장 시간의 주인

제1장

멈춤의
자리에서

멈춰야 보이는 것들

근대 이후 인류는 진보와 효율이라는 가치 아래 끊임없이 질주해 왔습니다.
독일의 사회학자 하르트무트 로자는 이를 사회적 가속화라고 불렀습니다.
우리가 너무 빨리 달리면 주변 풍경의 형체를 알아볼 수 없게 됩니다.

멈춘다는 것은 단순히 움직임을 중단하는 것이 아니라,
내 눈을 가리고 있던 속도의 눈가리개를 벗는 일입니다.
멈춰 설 때 비로소 우리는 길가의 이름 모를 들꽃,
곁에 있는 사람의 표정, 그리고 무엇보다 타인의 기대에 매몰되어 있던
진짜 나의 목소리를 대면하게 됩니다.

고대 그리스인들은 시간을 두 가지 개념으로 나누었습니다.
크로노스(Chronos), 앞만 보고 흘러가는 수평적이고 정량적인 시간과
카이로스(Kairos), 찰나의 순간이지만 의미가 발견되는 수직적이고 질적
인 시간이 그것이지요.

우리가 멈추지 않고 달릴 때 우리는 크로노스의 노예가 됩니다.
하지만 잠시 걸음을 멈추고 현재에 온전히 몰입할 때,
시간은 양적인 흐름을 멈추고 깊이 있는 카이로스로 변합니다.
통찰은 바로 이 멈춰진 시간의 틈새에서 피어납니다.

동양 철학에서 공(空)이나 무(無)는 아무것도 없는 허무가 아니라,
무엇이든 담길 가능성을 의미합니다.
우리 마음이 성과와 불안으로 꽉 차 있을 때는 새로운 지혜가 들어설 자리가 없습니다.

멈춤은 내면의 소음을 잠재우고 여백을 만드는 과정입니다.
캔버스에 여백이 있어야 피사체가 돋보이듯,
우리 삶도 멈춤이라는 여백이 있어야 비로소 삶의 본질적인 문장들이 선명하게 읽히기 시작합니다.

우리는 목적지에 닿기 위해 사는 것이 아니라, 가는 과정 자체를 살기 위해 존재합니다.
결국 멈춰야 보이는 것들은 대상의 문제가 아니라 시선의 문제입니다.
우리가 멈출 때 세상을 바라보는 나의 마음 거울이 맑아지니까요.

소사과욕

노자(老子)에 소사과욕(少私寡欲)이란 말씀이 나옵니다.
자기 몫을 적게 하고 욕심을 덜어내라는 의미이지요.

지구상에 셀 수 없이 많은 동물이 존재하지만
오직 인간만이 소유하고 살아갑니다.
다른 동물들은 소유라는 개념 자체가 없지요.

혹자는 사자들이 먹이를 감추어 놓거나
여우가 땅을 파고 먹이를 묻어 놓거나
다람쥐가 도토리를 땅에 묻는 행위를 소유라고 주장할 수도 있겠으나
그들은 잠시 숨겨둘 뿐이지 먹이를 지키거나 울타리를 치는 행위를 하지
않습니다.

그러고 보면 오직 인간만이 소유를 늘리고자 하는 욕망에
탐욕으로 점철된 삶을 살며
그것이 불행의 늪으로 빠지는 요지경임을 깨닫지 못하는 것 같습니다.

올해 관사 앞에 알타리를 심었습니다.
땅은 좁고 씨앗은 많아 줄뿌림을 하였는데

고랑과 고랑 사이가 너무 좁아 밀식한 개체가 안쓰러워 보입니다.
자라기에 넉넉한 자리를 마련해주었어야 하는데
비좁은 공간에서 성장하고자 애쓰는 모습이 여간 미안한 게 아닙니다.
이 역시 좀 더 많이 거두고자 하는 저의 욕심의 발로였음을 고백합니다.

어렸을 적엔 과수원을 하였습니다.
봄에 복숭아꽃이 얼마나 많이 피는지….
나뭇가지가 꽃에 파묻힐 정도이지요.

그 많은 복숭아들을 제때 솎아주지 않으면
먹을 수 없을 정도로 볼품없는 크기에 폐농을 면하기 어렵습니다.
너무하다 싶을 정도로 가차 없이 따서
드므락하게 놓아두어야 제대로 된 수확을 할 수 있지요.

어찌 보면 욕심을 부린다고 해서 모든 것이 잘 되는 것은 아닌 것 같습니다.
욕심을 줄여야 합니다.
그리고 어떤 것이든지 그 본성대로 자랄 수 있도록 가꾸고 돌보아 주어
야 합니다.
그것이 훨씬 더 좋은 결과로 남지요.

사람을 기르는 것도 그와 다르지 않음을 깨닫고 보면
날마다 새로움을 깨우쳐주는 텃밭은 참 좋은 스승입니다.

코스모스

깊어가는 가을 속에 강의 때문에 속초에 다녀왔습니다.
길 안으로 흐드러지게 피어있는 코스모스가 가녀린 몸짓으로
환영하는 길을 되도록 천천히 운전하며
가을을 가슴 가득 들여놓는 좋은 시간을 보냈습니다.

군락을 이룬 꽃의 행렬을 보면서 한 가지 의문이 들었습니다.
코스모스는 여러 대에 걸쳐 생장과 소멸의 과정을 겪으면서
씨앗을 퍼뜨리고 있는데
유독 길가에만 코스모스가 무리지어 자라나고
길을 벗어난 곳에서는 그 개체를 찾아보기가 어렵다는 사실이지요.

저는 그 이유를 알지 못합니다.
어쩌면 자동차의 여운에 흔들리는 모습의 평화로움과
인간 세상을 살짝 들여다보는 느낌
꽃 스스로 그것을 즐기기에 그럴지도 모르지요.

꽃을 보면서 도종환 님의 시가 떠올랐습니다.

"흔들리지 않고 피는 꽃이 어디 있으랴

이 세상 그 어떤 아름다운 꽃들도 다 흔들리면서 피었나니
흔들리면서 줄기를 곧게 세웠나니
흔들리지 않고 가는 사랑이 어디 있으랴

젖지 않고 피는 꽃이 어디 있으랴
이 세상 그 어떤 빛나는 꽃들도 다 젖으며 피었나니
바람과 비에 젖으며 꽃잎 따뜻하게 피웠나니
젖지 않고 가는 삶이 어디 있으랴”

세상을 흔들리지 않고 살아낼 수 있다면 얼마나 좋을까요?
우린 때때로 금전 앞에서 나약해지고 멋진 이성 앞에서 병을 앓고
권위 앞에 신념이 나약해집니다.

코스모스를 봅니다. 약한 바람에도 한들한들 춤추고
광풍에 걷잡을 수 없는 소용돌이에 파묻히지만
결과는 다시 줄기를 곧추세운다는 사실입니다.

가을입니다. 길가에 코스모스가 지천입니다.
흔들려도 절대 쓰러지지 않는 코스모스는
가을을 지키는 진정한 성자일지 모른다고 생각했습니다.

참된 친구는 흔들리지 않는 것이 아니라
흔들려도 옆에 있어 주는 것이란 글이 이명처럼 남았습니다.

자신의 가치

오늘 아침 인터넷에서 읽은 글입니다.

한 젊은이가 줄곧 인정을 받지 못해서 몹시 괴로웠다.

이 때문에, 그는 매우 먼 곳까지 현자를 찾아가 물었다.

"제가 생각하기에 저는 매우 능력이 있는데, 왜 저를 마음에 들어 하는 사람이 없을까요?"

현자는 직접 대답하지 않고, 돌 하나를 집어 먼 곳으로 던진 다음,

그에게 주어오도록 했다.

뜻밖에도 그는 아무 성과 없이 돌아왔다.

현자는 손에서 금반지를 빼내, 똑같이 멀리 던지고,

또 그에게 주워오라고 했다.

이번에 젊은이는 금반지를 매우 빨리 주워왔고, 또한 해답도 얻었다.

사람이 늘 자신이 아직 발견되지 못했다고 원망할 때,

왜 반대로 자신이 다른 사람의 눈에 한낱 돌멩이에 불과하지 않은지는 생각해보지 않는가?

만약 자기가 정말 하나의 돌멩이에 불과하다면,

곧 자신을 황금으로 변화시켜야지,

운명이 자신에게 불공평하다고 원망해서는 안 된다.

인간은 원래 이기적이고 자기 편향적이며 자기중심적 편견에 빠져있는 존
재입니다.
사람의 눈은 앞에만 달려 있습니다.
원초적으로 한쪽 밖에는 볼 수 없는 구조로 되어 있는 셈이지요.
그래서 뒤집어 생각하거나 남의 처지에서 바라보는 것이 쉽지 않습니다.

나만 주장하다 보면 편견에 빠지기 쉽습니다.
우리나라에 월식이 일어나면 미국에서도 월식을 볼 수 있다고 생각하기
쉽고
지금 눈앞에 눈이 내리면 말레이시아에 사는 친구도 눈을 볼 수 있다고
생각하기 쉽습니다.

생각이 치우치면 있는 그대로를 보지 못합니다.
생각이 밖으로 향해 있다면 안을 바라볼 수 있는 연습을 해야 합니다.
문제는 나에게 있는데 남만을 원망하고 있었는지도 살펴보아야 하며
남들이 별 가치를 두고 있지 않은데 자신만 집착하고 있는가도 따져 보
아야 합니다.

앞에 달린 눈을 떼어 뒤에 붙일 수는 없습니다.
하지만 생각의 방향을 바꾸는 것은 누구라도 할 수 있습니다.
가치란 자신이 내면으로 정하는 부분도 있지만
관계 속에서 굳어져 가는 것이 많기 때문입니다.

19

오르막과 내리막

아침에 일어나서 하루 종일 직장생활을 하다가 저녁때 다시 집으로 돌아
가는 일상은
보통 시민들이 매일을 사는 방법입니다.
길은 오르막도 있고, 내리막도 있을 것이며, 울퉁불퉁하기도 할 것인데
중요한 것은 모든 오르막과 내리막은 정확히 비긴다는 사실이지요.
오르막만 존재할 수도 없고 내리막만 있을 수도 없는 일입니다.

산에 오릅니다.
숨이 턱까지 차고 다리는 점점 무거워지고 힘에 겨운 오름의 끝에는
그만큼의 내리막이 자리하고 있습니다.

맹자의 진심장에는 다음과 같은 구절이 있습니다.
궁즉독선기신(窮則独善其身)하고 달즉겸선천하(達則兼善天下)
"어려울 때는 홀로 수양하는 데 주력하고,
일이 잘 풀릴 때는 천하에 나가서 좋은 일을 한다."라는 의미의 문장이지요.

상황이 불리하다는 것은 관계가 어려워진다는 것을 의미합니다.
그럴수록 내면을 잘 가꾸어 도(道)를 온전히 지켜야 하고
홀로 자기의 몸을 수양하는 데 힘써야 합니다.

그리고 일이 잘 풀리게 되면 온 천하 사람에게 널리 선(善)한 일을 베풀어야 합니다.

잘나간다고 해서 우쭐하거나 교만해서는 안 되는 것이며

주변과 잘 더불어 살아야 하고 베풀고 살아야 합니다.

사람은 편안할 때보다 힘들 때 정신세계가 더 맑아지는 특징을 갖고 있습니다. 산에 오를 때는 많은 생각을 하지만 내려올 때는 별생각 없는 경우가 많습니다.

그래서 잘 지은 대학은 지리적으로 가장 높은 곳에 도서관이 있습니다.

삶과 죽음이 공존하는 것처럼 오르막과 내리막도 공존하는 것입니다.

오늘 내가 하는 일이 어려움에 부닥쳤다고 해서 좌절할 필요가 없는 것이며 성공의 열매를 만끽하는 순간이라도 자만해서는 안 되는 것입니다.

그리고 중요한 것은

지금 인생의 고배를 들고 어려워하는 사람들에게 힘은 되어주지 못할망정 그들을 함부로 판단하거나 업신여겨서는 안 된다는 사실입니다.

깡통을 채워주지 못할망정 있는 깡통마저 발로 차버리는 행위는 어떠한 경우라도 정당화될 수 없을뿐더러

업신여김을 당해도 좋은 인생은 존재하지 않기 때문입니다.

승자와 패자

가끔 학교행사의 일환으로 스포츠 축제에 아이들을 인솔하곤 합니다.
예선전에는 운동장 가득 시끌벅적하던 아이들이
결승전 무렵엔 딸랑 두 팀만 남은 단조로움을 봅니다.

대부분의 스포츠는 많은 무명 선수가 저변을 받쳐 주기 때문에 존재합니다.
한 명의 스포츠 스타의 웃음 뒤에는
수많은 무명 선수의 눈물이 존재한다는 사실을 기억해야 합니다.

매 게임에는 승패가 존재하고
승자의 환호성 속에 패자의 시름은 깊어집니다.
이는 이분법적 사고로 패자도 즐길 수 있다는 진정한 스포츠 정신을 망각한 것에서 기인합니다.

미국의 크리스 카일이라는 젊은이가
아름다운 신부와 결혼은 하고
아이를 낳고 행복한 가정을 꾸립니다.
누구보다도 다정한 남편, 자상한 아빠로 살아가지요.
그는 미 해군 특수부대의 저격수였습니다.

그는 이라크 전쟁에 참여하여
공식적으로 160명, 비공식 255명의 적군을 사살합니다.

미국 쪽에서 보면 영웅이겠고 이라크 쪽에서 보면 악마였겠지요.
그러나 인류 보편적 가치에 의하여 생각해 보면 그도 피해자일 수 있습
니다.

우린 세상을 이분법으로 구분하며 살기를 좋아합니다.
승자가 있다면 패자가 있다는 식으로 말이지요.
세상엔 영원한 승자도 영원한 패자도 없습니다.
다만 있다면 우리가 같이 가야 할 따뜻한 이웃이 있을 뿐이지요.

소국 소묘

운동장 가에 죽 늘어선 원형 화분에는
소국이 소담스럽게 자라고 있습니다.

날이 점점 짧아지면서 국화가 온통 꽃망울을 뒤집어쓰더니
이제 꽃잎이 나오려고 주황색 물감을 점점이 뿌려놓은 듯한 모습이
여간 앙증맞은 것이 아닙니다.

멈춤의 자리에서

어느 날 갑자기 맞닥뜨린 꽃도 아름답지만
성장기를 공유하고, 꽃대가 나오는 것을 함께하며 마주한 꽃은
또 다른 느낌으로 다가옵니다.

식물은 단지 물과 거름, 햇빛만을 먹고 자라는데도
잎과 줄기 어디에 그 고운 색을 간직하고 있다가
한 떨기 꽃으로 피워 올리는지 색의 오묘함이 불가사의합니다.

이제 얼마 지나지 아니하면 온통 노란색으로 교정을 물들이는
가슴 벅찬 국화의 향연을 볼 수 있겠지요.
열심히 자라서 꽃이라는 결과를 피워 올린 국화도 멋스럽지만
여름내 긴 가뭄에 아침마다 물을 주고
김을 매주고, 애정으로 돌보아 온
주무관님의 노고도 잊지 않았으면 하는 바람이 듭니다.

우린 가끔 겉으로 드러나는 현상에 함몰되어
과정의 어려움 속에서 애쓰시는 분들의 노고를
잊을 때가 종종 있어서 말입니다.

빛과 그림자

그림자는 빛이 있어야 완성되는 개념입니다.
빛이 없다면 그림자도 없으니까요.

빛이 없다면 지구의 생명체는 존재할 수 없습니다.
어쩌면 생명의 근원은 물이나 공기가 아니라 따사로운 태양 빛 일 수 있습니다.

사람들은 누구나 Star를 꿈꿉니다. 별이 되기를 희망하는 것이지요.
별은 스스로 빛을 발하여 남들에게 주목받는 존재입니다.
영광과 환희, 부와 권력이 집중되는 곳이기도 하지요.

식물도 빛을 많이 받고자 하는 방향으로 성장합니다.
나무가 크고 우람하게 성장하는 이유는
빛을 좀 더 차지하기 위한 끈질긴 노력의 결과니까요.

그렇지만 세상은 그리 호락호락하지만은 않아서
빛으로만 이루어져 있지 않습니다.
누구도 처하기 싫은 그림자가 반드시 존재하니까요.
그래서 분석심리학의 대부 융은 다음과 같은 말을 남깁니다.

멈춤의 자리에서

"삶의 전반기가 빛을 쫓는 과정이었다면
후반기는 내 안의 그림자는 보듬는 시기여야 한다."

빛을 쫓는 과정은 쉬울 수 있습니다.
빛은 분명하고 뚜렷하게 보이기 때문입니다.
하지만 그림자를 보듬기는 쉽지 않습니다.
많은 부분이 어둠에 감추어져 있기 때문이지요.

국가 간이나 개인 간에도 부의 불균형이 심화되고 있습니다.
이러한 편중의 경향은 개인 역량으로는 해결하기 어렵지요.
하지만 침묵하는 다수가 국가의 바탕을 이루듯이
그늘에서 묵묵히 일하는 다수가 사회의 기저를 이룹니다.

절대다수의 절대 행복이 복지국가의 목적이며
그 목적을 이루기 위한 노력에 변함이 없다면
그림자를 이해하고 끌어안고 함께 갈 필요가 있습니다.

핀란드 교육을 칭송하고 우러르고 학습하려 애쓰지만
그들의 노력은 간단합니다.
학습 능력이 뒤처지는 아이들을 버려두지 아니하고
함께 보듬고 가는 것이지요.
그것이 빛을 키우면서도 그늘을 적게 만드는 큰 방편입니다.

도토리 줍기

풍요로움은 너른 들녘에만 있는 것이 아닙니다.

주말에 배낭을 짊어지고 산에 올랐습니다.

요즘 산엔 먹거리가 지천입니다.

좀 늦긴 했지만 달콤한 머루서부터

영지버섯, 으름, 도토리, 산밤, 삽추, 둥굴레, 더덕, 오미자….

산은 아는 만큼의 먹거리를 제공해줍니다.

작년에 이어서 올해도 도토리 풍년입니다.

도토리도 다 같은 것이 아니어서

상수리나무, 굴참나무, 떡갈나무, 신갈나무, 갈참나무, 졸참나무 도토리

가 각각 다릅니다.

그 이름을 알고 나면 도토리 줍는 재미가 배가 되지요.

잠시 노력만 기울여도 풍성함으로 보답해 주는 자연은

'아낌없이 주는 나무'를 닮았습니다.

혹자는 산짐승들의 주식인 도토리를 주워 인간의 먹거리로 활용하는 것

에 대하여

반감을 표시할 수도 있겠으나

멈춤의 자리에서

좀 높은 산은 운반에 어려움이 있어 줍기가 어렵고
또 주워 온다고 해서 말끔하게 청소하듯이 하는 것이 아니며
단지 썩어 없어질 것들을 나눈다는 느낌이고 보면 그리 큰 문제가 될 것
같지는 않습니다.
어쩌면 자기합리화의 이기적인 표현일는지 모르지만 말입니다.
도토리는 땅에서 줍는 것이지만
땅만 내려다보고는 도토리를 많이 주울 수 없습니다.
도토리 줍기에 꼭 동반되어야 하는 것은
도토리나무를 찾아 멀리 보는 시야입니다.
도토리 줍기는 발은 땅에 붙이고 살지만 눈은 멀리 보고 살아야 함의 진
정성을 깨닫게 해 줍니다.

두어 말을 주워서 마당에 널어놓고 보니
부자가 된 느낌을 지울 수 없습니다.
작은 것에 감사하고 행복해 하는 것은
소시민이 인생을 즐겁게 살아가는 한 방편입니다.

스테판손과 셰클턴

위 두 사람은 극지 탐험가입니다.

스테판손은 1913년 11명의 대원을 이끌고 북극 탐험에 나섭니다.

중간에 빙벽에 배가 부딪쳐 좌초되어 어려움에 봉착하였지만

그는 대원을 독려하여 북극 탐험에 성공합니다.

하지만 무리한 강행군과 식량 부족으로

서로 살려고 아귀다툼을 벌이고 음해를 일삼아

결국 대원 11명을 모두 잃고 혼자 살아서 돌아옵니다.

역사는 그를 성공한 탐험가로 분류할지는 몰라도

성공한 리더로 분류하지는 않습니다.

어네스트 셰클턴은 1916년 27명의 대원을 이끌고 남극 탐험에 나섭니다.

사우스조지아 섬을 출발하여 호기롭게 떠난 원정대는

중간에 유빙을 만나 얼음에 갇히게 됩니다.

그들은 배를 끌고 전진해 보려 애쓰지만, 모진 추위와 강풍은

그들의 전진을 허락하지 않았습니다.

약간의 식량, 구명보트 2척, 그리고 1인당 1개의 침낭….

이것이 극한상황에서 생존에 도움이 되는 물건의 전부였습니다.

멈춤의 자리에서

침낭을 보니 두터운 것이 18개 얇은 것이 10개가 있었습니다.

셰클턴은 이렇게 이야기하지요.

"누구나 공평하게 제비를 뽑아 침낭을 나누자."

그리하여 시작된 제비뽑기로 행운의 침낭을 얻은 18명과
엉성한 침낭을 얻은 10명이 결정되었습니다.

그런데 대원들은 제비뽑기가 조작된 것이 아닌가 하고 의심하기 시작했습니다.

대장과 부대장, 일등 항해사, 갑판장, 사무장… 등등 높은 사람들은 모두 엉성한 침낭을 뽑았지만
두꺼운 침낭은 모두 부하 직원들에게 배당되었으니 말입니다.

그 제비뽑기를 조작한 사람은 바로 대장인 셰클턴이었습니다.

위기의 상황에서 참된 지도자는 자신을 희생해야 할 줄 알아야 한다는
본보기를 몸소 보여준 것이지요.

추위와 배고픔 속에서 식량이 떨어져 갑니다.

대장은 마지막 남은 썰매 개에 총을 겨눕니다.

생존을 위하여 어쩔 수 없는 선택이었지요.

그들은 엘리펀트 섬에서 영하 40도의 환경에서 펭귄을 잡아먹으며
1년 2개월을 버팁니다.

그들이 내세운 철칙 중의 하나는 절대로 펭귄을 많이 잡아 비축하지 않는다는 것입니다.

내일이라도 구조될 수 있다는 희망의 끈을 놓지 않기 위함이지요.

열악한 환경에서 셰클턴은 구조선을 직접 끌고 와야겠다고 생각합니다.
시속 100㎞의 강풍과 20m의 파고 속에서
나뭇잎 같은 작은 보트로 2,000킬로를 항해한다는 것은
죽음을 자초하는 것이나 다름없습니다.
더구나 중간에 잠시 쉬어갈 만한 섬 하나도 존재하지 않았으니까요.

모두 불가능하다고 말했지만
그는 의연히 일어납니다.
위기의 상황에서 참된 리더는 방향성을 갖고 결정을 내려야 합니다.
그는 대원 중 5인을 선발하여 배에 오릅니다.
그리고 엘리펀트 섬에 남아있는 대원들에게 당부하지요.
"만약 한 달 안에 내가 돌아오지 않으면 섬에서 탈출하라."

그리고 배에 탄 선원에게 부탁합니다.
"우리는 반드시 성공해야 한다. 만약 우리가 실패한다면
섬에 있는 대원 22명은 우리가 죽이는 것과 마찬가지다."

셰클턴은 거친 바다, 추위와 사투를 하며 보름 만에 사우스조지아 섬에
도착합니다.
그리고 대원들을 구출하기 위한 배를 구하기 위해 동분서주하지요.
"지금은 전쟁 중이라 당신에게 내어줄 배는 없습니다."
여기저기 사정을 하며 다녔지만, 현실은 녹록지 않았습니다.

　　　　　　　　　　　　멈춤의 자리에서

심지어 영국인들이 가장 많이 고립되어 있었는데도
영국 정부마저 배를 내어주지 않았습니다.

한편 엘리펀트 섬에 남은 22명의 대원은
보트를 엎어놓은 움막에서 추위와 배고픔과 싸우며
펭귄을 잡아먹으며 하루하루를 버팁니다.
그때 부대장이 이야기하지요.
"우리가 언제든지 떠날 수 있도록 짐을 싸 두어라."
그들이 생존하는 이유는 희망이라는 끈이 있기 때문이라는 것을
부대장은 잘 알고 있었기 때문입니다.

수평선만 바라보며 지낸 약속한 한 달이 지났습니다.
동상으로 썩은 발가락을 잘라내며 하루하루 버텼지만
약속한 배는 오지 않았습니다.

두 달이 지났습니다.
아직도 대원들은 섬을 떠나지 않았습니다.
이젠 셰클턴 대장이 사우스조지아 섬에 도착하지 못한 것이라고
생각하니 절망이 엄습해 왔습니다.

세 달이 지났습니다.
아직도 22명의 대원은 섬에 머물러 있었습니다.
이제 대장의 이름과 얼굴마저 기억이 희미해져 갑니다.
이른 아침 바닷가에서 아침 준비를 하던 대원이 말합니다.

"저 빙산 좀 봐 마치 배처럼 생기지 않았어?"

그때 뱃전에서 망원경으로 살아있는 대원의 숫자를 세고 있었던 사람은
바로 셰클턴 대장이었습니다.

섬에서 대장이 마지막으로 묻습니다.
"모두 무사한가?"
"네. 대원들 모두 무사합니다."

그들은 무려 17개월 634일 동안 동토의 땅 사지에서
단 한 명의 희생자 없이 모두 문명 세계로 귀환한
세계사의 찬란한 역사의 한 페이지를 남기지요.

그는 실패한 탐험가였지만 역사상 가장 위대한 리더로 남았습니다.
스테판손과 셰클턴을 보며
리더가 얼마나 중요한 것인가를 깨닫습니다.
우리도 스테판손인가, 셰클턴인가 하는 반성적 생각을 해 보았으면 좋겠
습니다.

멈춤의 자리에서

관계의 중요함

人人人人이라는 문장이 있습니다.

그 해석은 이러합니다.

"사람이면 다 사람이냐, 사람다워야 사람이지."

논어에는 君君臣臣父父子子란 말씀이 나옵니다.

임금은 임금다워야 하고 신하는 신하다워야 하며

아비는 아비다워야 하고 자식은 자식다워야 한다는 말씀입니다.

이 단순한 문장 뒤에는 인간이 있습니다.

인간이라는 단어를 놓고 보면 한 가지 의구심이 일어납니다.

人 한 글자면 충분한 표현인데도 굳이 間을 붙여 표현한 것이 그것이지요.

어쩌면 사람은 관계에 기초하여 살기 때문인지 모릅니다.

날이 나날이 식어갑니다.

추워지면 털실로 짠 스웨터 생각이 나지요.

굵은 털실로 짠 스웨터는 구멍이 숭숭 나 추위를 막을 수 없을 것 같은
데도 그 옷을 입으면 포근하고 따듯함을 느낍니다.

그건 그 공간 사이에 온기를 품고 있기 때문입니다.

실과 실의 관계 속에서 따스함이 보존되는 것이지요.

주변에 멋진 인품을 가진 사람이 있다면 그는 관계의 달인일 가능성이
높습니다.

관계란 자신이 한 만큼 돌아오기 마련이어서

먼저 관심을 두고 먼저 다가가고 먼저 공감하고 먼저 칭찬하면

그 따뜻함이 결국 자신에게 돌아오게 됩니다.

상대방이 좋은 평판을 얻게 하고

중요한 사람이라는 느낌이 들게 해야 합니다.

남을 깎아서 나를 높이는 행동이야말로 가장 바보스러운 것이니까요.

설악산 등정기

어둠이 걷히기 전 이른 새벽

오색에 도착하여 여장을 꾸렸습니다.

우리나라에서 3번째로 높은 설악산(1,708m)은 높이도 높이지만

길이 험하고 가파르기로 유명해서 무릎에 파스를 붙이고 무릎 보호대를
하고

등산 스틱과 에너지 간식, 바람막이 헤드랜턴까지 준비를 철저히 하고

산행을 시작하였습니다.

멈춤의 자리에서

오색에서 설악폭포를 지나 대청봉으로 이르는 길은
5km로 가장 짧은 코스입니다.
그만큼 가파르고 계단이 많다는 것을 의미하기도 하지요.

가을 속에서의 산행은 출발이 즐거웠습니다.
중국 시인 두목(杜牧)의 가을 단풍이 2월의 꽃보다 아름답다는 표현을
굳이 빌리지 않아도
산 중턱까지 내려온 형형색색의 단풍은 나그네의 고단한 산행에 좋은 동
반자가 되었으며 계곡을 끼고 오르는 길엔 시원한 계곡 물소리가 청량감을
더해 주었습니다.
설악폭포가 중간지점인데
등반로 정비를 너무 잘해 놓은 탓인지
폭포에 접근이 어려워 언제 폭포를 지났는지 알 수 없음이 아쉬움으로
남았습니다.
비가 온다는 예보가 있어 걱정을 많이 했는데
다행스럽게 비는 땅만 적시고 그쳤고

비 그친 후의 맑은 공기를 마음껏 향유할 수 있음이 좋았습니다.
단 바람이 너무 많이 불어 등산으로 인한 땀이 급작스럽게 식어
행여 감기 걸리지 않을까 하는 걱정이 앞서기도 했지만 말이지요.

천하에 명산이 많고 많지만
설악은 발 닿는 곳마다 기암으로 이루어진 절경이 등산객의 혼을 사로잡
습니다.

옛 선인들이 죽장망혜(竹杖芒鞋)에 걸망을 메고 이 산에 올라
신선이 된 느낌으로 시를 읊조린 이유를 이제야 알 것 같습니다.
■죽장망혜: 대나무 지팡이와 짚신

고려시대 안축이란 시인은
금강산은 아름다우나 웅장함이 모자라고(金剛秀而不雄)
지리산은 웅장하나 아름답지 아니하다(智異雄而不秀)
설악이야말로 수려하고도 웅장하다(雪嶽秀而雄)라고 노래했습니다.

정상에 다가갈수록 식생은 낮아집니다.
특히 소나무처럼 보이는 누운 잣나무가 지천으로 널려있는데
그 높이가 50cm 정도밖에 되지 않습니다.
심한 바람을 견디기 위하여 누워서 크는 중이지요.
마치 엎드려서 대청봉을 받들고 있다는 느낌이 듭니다.

정상에 서니 온 산들이 발아래 보이고
내설악의 웅장한 바위들과
아스라이 보이는 속초와 동해
사람 잡는 공룡능선과 천불동 계곡길… 울산바위
눈이 이르는 곳마다 감탄이 아닌 것이 없었습니다.

실제로 그날은 바람이 엄청 강해서
정상부에서는 몸을 가누기가 어려울 정도였고
기온마저 떨어져 손이 곱고 시려서 오랜 시간을 지체할 수가 없었습니다.

멈춤의 자리에서

대청봉 정상석에 사진을 찍으려는 등산객의 줄이 너무 길어
아예 포기하고 중청대피소로 향하는 길은
높은 산의 독특한 낮은 식생으로 인한 경치가 참으로 아름다웠습니다.

500m를 더 가서 중청대피소에 도착하였습니다.
가을 단풍놀이 나온 등산객으로 인하여 비좁은 대피소 안은 북새통을
이루고 있었습니다.
우리도 거기에 한 자락 끼어서 준비한 정상주 한잔에 김밥으로 간단하게
요기하고 하산 길을 잡았습니다.
서북 능선을 따라 중청 끝청 한계삼거리 한계령(8.3km)으로 내려오는데
끝없이 이어지는 돌길이 쉽지만은 않았습니다.
그래도 중간중간에 산의 높이를 일깨워주는 고사목이 멋스럽고
단풍의 고운 자태 속에 의연히 솟아있는 기암들이 반가웠습니다.

귀때기청봉을 바라보며 걷는 길은 자신과 긴 싸움입니다.
눈앞에 보이는 봉우리인데도 가도 가도 나타나지 않고,
한발 한발 걸음은 걷고 있는데도 좀처럼 남은 거리는 줄어들지 않았습니다.

긴 거리의 산행은 고독입니다.
방구석에 편히 누워서 엑스레이나 찍을걸
왜 이리 사서 고생을 하나 하는 생각이 없진 않았지만
일망무제의 트인 시야 속에서 넓어지는 마음과
선혈 같은 단풍과 우뚝 솟은 바위의 어우러짐 속에서 얻는 감탄은
몸의 고단함을 보상해 주고도 남음이 있었습니다.

가을이 고독하다면 설악산에 가 봄 직합니다.
비교할 수 없는 경관과 시리도록 투명한 계곡
그리고 어려움 속에서만 느낄 수 있는 삶의 희열이 있으니까요.

동물의 수명

내 고향 춘천은 닭갈비로 유명한 도시입니다.
80년대 대학 다닐 때만 하더라도
닭갈비는 아주 착한 가격으로 용돈이 궁한 대학생이나
서민들이 즐겨 먹는 음식이었습니다.
지금은 닭갈비가 결코 싼 음식이 아니니 슬픈 일입니다.

아마도 전국의 도시 중에서
닭의 생산은 몰라도
소비는 가장 많이 되는 도시가 춘천이 아닐까 합니다.

엊그제 화천의 닭 농장을 방문한 적이 있습니다.
육계를 기르는 농장인데 5만 마리나 되는 엄청난 수효를
노인네 두 분이 기르고 있었습니다.
자동화된 시스템이 엄청난 일손을 덜고 있었던 것이지요.

멈춤의 자리에서

닭의 수명은 7년에서 30년까지라고 합니다.

육계를 생산하는 그분들의 이야기를 들어보니

닭은 5주에서 7주 사이에서 출하한다고 합니다.

즉 35~50일 정도를 기르면 육가공 공장으로 보내지는 것이지요.

그 이상 기르게 되면 늘어나는 고기양보다 들어가는 사료량이 많아서

적자로 손실이 늘어나기 때문이랍니다.

즉 자연으로 살아가면 오래 살아갈 대상을

인간이 인위적으로 아주 짧은 생을 강요하고 있는 것이지요.

소도 마찬가지입니다.

소는 약 20년 정도를 살 수 있다고 합니다.

그런데 육우로 시장에 나오는 것은 3년 이상 된 것이 거의 없습니다.

인간에 의하여 사육되고 도살되어 식탁에 오르는 가축들은

대부분이 위와 같은 이유로 조기에 생을 마감합니다.

어쩌면 지구상에 가장 죄를 많이 짓고 사는 종이 인류일지 모릅니다.

경제관념을 생각하지 않을 수 없는 일이고

맛 좋고 부드러운 육질을 포기하기도 어려운 일이지만

그래도 자신의 삶을 오로지 인간을 위해 희생한 대상이 있다는 것을 생각하고

악어의 눈물일지는 모르지만

살아있는 동물들에게 있을 때만이라도 좀 더 사랑을 베풀고,

감사의 마음을 가졌으면 하는 생각이 들었습니다.

學과 思

인류의 위대한 어록 『논어』 위정편에 나오는 말씀입니다.

자왈 학이불사즉망 사이불학즉태

子曰 學而不思則罔, 學而不學則殆.

배우기만 하고 사색하지 않으면 얻는 게 없고,

"사색만 하고 배우지 않으면 위태롭다."

이는 배우기와 사색 어느 한 가지에 함몰되면 안 된다는 말씀이고

수레바퀴의 두 바퀴와 같이 學과 思가 같이 가야 한다는 말씀입니다.

배운다는 것은 타인의 생각을 받아들이는 것이요,

사고하는 것은 내 생각을 키우는 것인데,

남의 것만 무비판적으로 받아들일 것이 아니라 자기 것으로 소화해야 하고

자기 생각만 주장할 것이 아니라 타인의 사고를 흡수해

다양성을 갖추는 것이 중요하다는 말씀입니다.

모름지기 서양의 철학자 칸트도 이런 말을 남겼지요.

"형식만 있고 내용이 없으면 공허하고,

내용만 있고 형식이 없으면 맹목적이다"

양의 동서와 세월의 고금을 달리하지만, 두 글은 묘한 일치를 이룹니다.

 멈춤의 자리에서

맹자(孟子)『고자(告子)』편에 이런 말씀도 있습니다.

"마음의 기능은 사색이다. 사색하면 얻고, 사색하지 않으면 얻지 못한다."

사색의 중요성을 강조한 말입니다.

음식을 먹는 것이 배움이라면

그것을 소화하는 것이 사색입니다.

우리나라 학생들은 다른 나라와 비교하여 비교적 많은 시간을

공부에 할애하고 있습니다.

이렇게 배우는 것이 많은데도 우리 학생들은 사고력과 창의력이 부족하다는 평가를 받습니다.

그 이유는 사색할 겨를이 없기 때문이 아닐까요?

지식을 받아들이는 것과, 자신만의 관점을 찾아가는 것은

균형을 이룰 때 큰 의미가 있습니다.

아이들이 학원에서 구겨 넣기 식 공부만 고집할 것이 아니라

스스로 돌아보고 생각하며 사고하고 알아가는 스스로 공부하는 습관을

지녀야 합니다.

그것이 글로벌 사회에서 지식의 소화불량에 걸리지 않는 방법이 아닐는지요?

자연의 위대함

"자연은 한 번도 예술을 동경한 적이 없다."라는 말이 있습니다.
루브르 박물관에 갔을 때
벽면에 걸려 있는 것은 정물화나 인물, 또는 풍경화
그리고 종교 색채가 짙은 성화가 대부분이었습니다.

어찌 보면 자연의 풍광이나 멋진 사실들을 도화지에 그려
액자에 옮겨놓은 것에 불과한 것들이지요.
그러니 주변에 놓여있는 자연이야말로 진정한 예술입니다.

그 아름다움이 인간의 손을 빌려 캔버스에 옮겨지고 나서야
예술로 인정을 받는 것은 아이러니한 일입니다.
이른 아침 여명 속에서 어둠을 몰아내며 찬란히 솟아나는 태양이나
산야에 이슬을 머금고 아무렇게나 놓여있는 이름 모를 풀들,
계절마다 색색의 옷으로 바꿔 입는 산과 숲.
어느 한순간이라도 같은 모습을 보여주지 않는 자연이야말로
가장 위대한 예술입니다.

자연은 예술을 동경한 적이 없지만
있는 존재 그대로가 예술입니다.

나이가 들면 산 좋고 물 좋은 산골에

집을 짓고 사는 사람들이 늘어납니다.

그런 집을 지을 때 경치 좋은 방향으로 큰 창을 내는 경우가 많습니다.

소파에 앉아서 창을 바라보는 것만으로도 좋은 풍경화를 감상할 수 있

기 때문이지요.

우린 인간이 어찌할 수 없는 자연의 재앙들 앞에서 초라해지는 모습을

견지하곤 하지만

그냥 주변에 민낯으로 널려진 소박한 자연이야말로

진정 위대함입니다.

좋은 친구

맹자에 나오는 이야기입니다.

孟子曰 不挾長 不挾貴 不挾兄弟而友 友也者 友其德也

맹자왈 불협장 불협귀 불협형제이우 우야자 우기덕야

하루는 제자 만장이 벗에 관하여 물었습니다.

맹자가 말하지요.

"자신이 연장자라는 생각을 갖지 말고

내가 귀하다고 생각하지 말고

누가 형이고 동생인지 생각하지 말고 친구로 삼아라.

친구로 삼는다는 것은 그의 덕을 흠모하여서 하는 것이지 그의 조건을

보고 하는 것이 아니다."

친구를 갖는다는 것은 또 다른 인생을 갖는 것입니다.

법정 스님은 생전에 이런 말씀을 남깁니다.

"사람이 하늘처럼 맑아 보일 때가 있다.

그때 나는 그 사람에게서 하늘 냄새를 맡는다.

사람한테서 하늘 냄새를 맡아본 적이 있는가?

스스로 하늘 냄새를 지닌 사람만이 그런 냄새를 맡을 수 있을 것이다."

백아절현(伯牙絶絃)이란 말씀이 있습니다.

"백아가 거문고 줄을 끊었다."라는 의미인데
이 성어에는 소중한 친구와의 고사가 얽혀 있습니다.

열자(列子)의 탕문(湯問)에 나오는 이야기랍니다.
백아는 거문고를 잘 연주했고
종자기(鍾子期)는 (백아의 연주를) 잘 감상했습니다.
백아가 거문고를 탈 때 그 뜻이 높은 산에 있으면
종자기는 "훌륭하다. 우뚝 솟은 그 느낌이 태산 같구나."라고 했고,
그 뜻이 흐르는 물에 있으면
종자기는 "멋있다. 넘칠 듯이 흘러가는 그 느낌은 마치 강과 같군."이라고
했지요.

백아의 생각을 종자기는 거문고 소리만 듣고도 다 알 수 있었습니다.
종자기가 죽자, 백아는 더 이상 세상에 자기를 알아주는 사람(知音)이 없
음을 슬퍼하여
거문고 줄을 끊고 다시는 연주하지 않았다고 합니다.

나이가 들어갈수록 아내와 친구의 필요성을 느낍니다.
진정한 친구는 어려울 때 옆에 있어 주는 친구입니다.
그래서 김정희의 세한도가 더욱 빛을 발하는 것이지요.

歲寒然後 知松柏之後彫也
세한연후 지송백지후조야
"날씨가 추워진 뒤에야 소나무와 잣나무의 푸름을 안다."

영광의 호시절을 함께하기는 쉬워도

고난과 역경을 함께하기는 어렵습니다.

친구라고 여겼던 사람들이 다 떠날지라도 끝까지 함께할 수 있는 벗 한 사람만 있어도

정말 성공한 인생이 아닐까 하는 생각이 들었습니다.

나무는 심는다고 해서 바로 그늘에서 쉴 수 있는 것이 아닙니다.

오랜 세월 동안 풍파를 이기고 성장의 과정을 겪어야

비로소 그늘이 만들어집니다.

좋은 친구는 오랜 세월 동안 숙성된 나무의 그늘입니다.

쓸 모

쓸모에 대한 장자의 생각을 읽습니다.

혜자가 장자에게 말했습니다.

"우리 집에 아주 큰 나무가 있는데 사람들은 가죽나무라 말하네.

크기만 했지, 옹이가 박혀 목수의 먹줄에 맞지 않고

가지는 굽어 곱자와 그림쇠에 맞지도 않네.

그래서 길가에 서 있어도 목수들조차 돌아보지도 않는다네.

멈춤의 자리에서

자네의 말은 이 나무처럼 크기만 했지. 쓸모가 없으니
사람들로부터 버림을 받는 것이라네.”

장자가 답했습니다. “자네는 족제비를 본 적이 있지?
몸을 잔뜩 웅크리고 엎드려 망을 보는 거만한 놈이네.
동서로 날뛰며 높고 낮은 데를 가리지 않지만
결국 덫에 걸리거나 그물에 걸려 죽게 된다네.

저 검은 소는 크기가 하늘에서 구름이 내린 것 같으니
그야말로 크다고 하겠으나 쥐 한 마리 잡을 수 없네.
그러니 자네의 나무가 크다고 걱정할 필요는 없네!
어떤 인위도 없는 고장의 광막한 들에 심어진 나무 곁을 할 일 없이 노닐
고 그 밑에 누워보기도 하면 어떻겠나?

도끼로 찍힐 염려도 없고 아무도 해치지 않을 것이니 쓸모없다고 어찌 괴
로워한단 말인가?” 혜자는 자기중심적 판단을 하고 있고 장자는 사물 중
심의 판단을 하고 있습니다.
인간의 생각은 비본질적 견해로 인해 본질적 견해가 함몰되는 경향을 보
이지요. 자신의 용도라는 입장에서 사물을 보는 혜자와
사물 자체를 있는 그대로 보는 장자가 크게 대비되는 부분입니다.

자연은 인간의 쓸모 때문에 존재하는 것이 아님에도 불구하고
우리는 자연을 쓸모로 판단하는 경우가 많습니다.
그러한 기준으로 곡물과 잡초를 구분하고

익충과 해충을 구분하며 가축과 맹수를 구분합니다.

사람도 그러합니다.
그 사람 존재 자체의 의미로서 파악하는 것이 아니라
나에게 유용한 사람인지 아닌지가 판단의 근거가 됩니다.
그러니 사람을 온전하게 바라보는 것은 쉬운 일이 아닙니다.

인간에 대한 기본적인 사랑에는 호오의 감정이 들어있지 않습니다.
따라서 익과 무익의 관점으로 사람을 보아서는 안 됩니다.
세상에 하찮은 사람은 존재하지 않을뿐더러 남의 처지에서 함부로 판단
받아도 좋을 사람 또한 존재하지 않기 때문입니다.

오기서(五技鼠)

중국 고사에 오기서(五技鼠)라는 쥐가 나옵니다.
다섯 가지 재주에 능한 쥐라는 뜻이지요.
즉 날고, 기고, 뛰고, 숨고, 달아나는 재주를 가졌음을 의미합니다.

그 쥐는 나무에 기어오르기는 다람쥐보다 뛰어났고
땅굴 파기는 두더지보다 잘 팠으며

멈춤의 자리에서

하늘을 나는 것은 박쥐보다 나았고
달리기는 토끼보다 빨랐습니다.
그 쥐는 짐승들 사이에서 늘 부러움의 대상이었고
많은 짐승이 그를 우상처럼 섬기며 따랐습니다.

그날도 여느 때처럼 많은 짐승들이 모여 그의 신기에 가까운 재주를 보고 있는데
갑자기 먹이를 찾던 독수리가 화살처럼 나타났습니다.
다른 짐승들은 저마다 가진 재능을 발휘해 눈 깜짝할 사이에 숨었지만
오기서는 여러 가지 재주 중에서 어느 것을 사용해야 할지 잠시 머뭇거리는 사이에 독수리에게 잡아먹히고 말았습니다.

"자신을 높이는 자는 낮아지고 낮추는 이는 높아질 것이다."
이 말은 가장 오랜 세월 베스트셀러를 유지하고 있는 성경에 나온 말입니다.

세상을 살다 보면 자신을 높이길 희망하고
알량한 재주를 드러내길 좋아하며
갖고 있는 재물 자랑하기를 좋아합니다.
그 모두는 사람들이 더 많이 갖기를 원하는 것들이지요.

가을엔 모든 곡식이 익습니다.
그리 가시를 많이 가지고 있어 범접하기 어려운 밤송이도
세월 속에서 농익을 때 스스로 아람 벌어 밤을 내보냅니다.

이는 작위적이지 않은 자연스러움 속에서 일어나는 일련의 사건입니다.

문제는 자기 스스로 높이려고 애쓰는 처절함에 있습니다.
태권도 초단이 주먹 쓰기를 좋아하고
가진 것이 없는 사람이 재물을 자랑하길 좋아하고
재주가 없을수록 조그만 것이라도 드러내길 좋아하는 것이 사람입니다.

능력이 없어서 낮은 위치에 있는 사람이야 어쩔 수 없다고 치더라도
큰 능력을 갖추고 있으면서 겸손하게 자신을 낮추는 사람이야말로
이 시대의 진정한 성자가 아닐까 하는 생각을 했습니다.

조영남이 부른 「겸손은 힘들어」라는 노래가 생각나는 아침입니다.

사고의 구조조정

우리는 일상생활 속에서 김유신의 말이 천관의 집을 자연스럽게 찾아가듯
굳어버린 생각으로 일상을 판단하고 행동하는 경우가 많습니다.
무비판적인 인식의 틀은 생각의 고정화를 가져오게 되고
유연한 사고를 방해합니다.

멈춤의 자리에서

사고의 구조조정을 위해선 다음과 같은 것들이 필요합니다.

첫째는 굳어버린 생각에서 벗어나야 합니다.

우린 인정하든 않든 간에 살아오면서

세월의 더께만큼 고정화된 인식의 틀을 만들고 그 속에 안주해 왔습니다.

2003년 대구유니버시아드 대회에 참가했던 북한 여성 응원단이

김정일 현수막이 비를 맞는다고 울고불고하며 떼어낸 사건을 기억할 것입니다.

이는 교육 속에서 숭배의 대상이 무비판적으로 굳어진 결과입니다.

보온병은 뜨거운 것을 보관하는 데 주로 사용했다면

차가운 것도 보관된다는 사실은 망각하기 쉽습니다.

라면 국물은 빨개야 하고, 바나나 우유는 노란색이어야 하고

딸기우유는 진한 핑크색이어야 한다는 것도 고정관념입니다.

그래서 국물이 하얀 꼬꼬면이나 사골 국물 라면이 신선함으로 다가온 것이고

바나나 우유나 딸기우유에는 고정관념을 충족시키기 위한 인공색소를 넣게 됩니다.

둘째는 고정된 생각을 유연하게 바꾸어야 합니다.

우린 심청전을 읽으며 효도가 참으로 중요함을 교육할 줄 알았지

사람을 사고파는 인신매매나

인당수 속에 사람을 빠뜨려 죽이는 인명 경시 풍조는 간과해 왔습니다.

흥부전에서도 착하게 살아야 복을 받는다는 것만 강조하였지
자기 자신이 열심히 노력하여 잘살기보다는
박을 타며 횡재를 꿈꾸는 일확천금의 기대심리를 심어줄 수 있다는 것은
크게 생각하지 않았습니다.
실제로 흥부처럼 자녀는 많고 착하게만 살면 가난에서 벗어나기 어려운
것도 현실임을 인정해야 합니다.

선녀와 나무꾼을 자세히 들여다보면
재물 은닉죄, 감금 및 성폭력을 간과할 수 없으며
단군신화를 보면 곰과 사통하여 단군을 낳았으니
입에 담기에도 민망한 수간의 모습이 보입니다.

셋째는 이미 들어버린 습관을 돌아보아야 합니다.
습관적으로 당연하다고 생각하는 것들이 많습니다.
잘못이 습관화되면 잘못이라는 생각 자체가 없어집니다.
그러니 습관이 참으로 무섭습니다.

넷째는 상대적 가치와 절대적 가치를 혼동하지 말아야 합니다.
모든 아이가 귀한 것은 틀림없지만
내 아이이기 때문에 더 특별해야 한다는 것은 옳지 않습니다.
여름 뙤약볕 아래 드리워진 큰 나무 그늘은
나에겐 쉬어가기에 안성맞춤이지만
그늘에 뿌리를 내린 식물에는 큰 훼방꾼이나 다름없다는 것도 알아야
합니다.

멈춤의 자리에서

가끔은 주객이 전도된 것은 없는지

거꾸로 혹은 뒤집어 생각해 보기도 해야 합니다.

그런 사고의 구조조정이 편협함을 예방하고 인생을 풍요롭게 하니까요.

330 90 70 1

오늘은 수열에 대한 문제입니다.

무엇인지 맞히는 사람은 없을 겁니다.

논리적이나 수학적으로 설명되지 않는 숫자니까요.

우린 1년에 평균 330잔의 커피를 마시고

90병의 맥주를 마시며 70병의 소주를 마시는데

1인당 독서량은 딸랑 1권이라는 것입니다. (정확히 1.2권)

저는 커피와 맥주는 평균 이하인데 소주와 독서는 평균 이상인 것 같습니다. 책을 읽지 않는 민족에게 미래는 없습니다.

TV와 스마트폰이 대세인 지금 단편적이고 감각적이고 표면적인 책만 읽고 있는 현실도 돌아보아야 합니다.

깊이 있는 인문학 서적을 읽어야 합니다.
아무리 세상이 발달하여 기술력이 지배하는 세상이 된다고 하더라도
그 깊은 내면에는 인간에 대한 사랑이 들어 있어야 하는 것이며
그 사랑을 키우기 위해서는 인문학 서적만큼 좋은 것이 없기 때문입니다.

학이편에 부쳐

책은 시작이 참으로 중요합니다.
인류 역사상 가장 많이 팔리고 읽힌 성경의 창세기 1장은
"태초에 하나님이 천지를 창조하시니라"로 시작합니다.
천지창조의 주체를 밝혀 놓음과 동시에 전체의 방향성을 제시하고 있는
것이지요.

동양학의 으뜸인 논어의 첫머리는 이러합니다.
학이시습지 불역열호 (學而時習之 不亦說乎)
유붕자원방래 불역락호 (有朋自遠方来 不亦楽乎)

그래서 첫머리 두 글자를 따서 學而(학이)편이라고 이름하는 것입니다.
"배우고 때때로 익히면, 또한 기쁘지 아니한가.
벗이 있어 멀리서 찾아오면 또한 즐겁지 아니한가."로

풀이되고 있는 인구에 회자하는 명문 명구입니다.

여기서 중요한 것은 說(열)과 樂(낙)입니다.

열은 기쁨이고 낙은 즐거움입니다.

기쁨은 내재적인 것이고 즐거움은 외형적인 것입니다.

사람은 내면적인 것을 먼저 갈고닦아야 합니다.

그래서 대학에서 수신제가치국평천하(修身齊家治国平天下)를 논함에 있어

수신을 가장 앞에 놓은 것이지요.

그렇듯 나부터 갈고닦아 남에게 미루어가는 것(修己治人)이 동양학의 기본입니다.

또한 學은 배우는 것이 아닙니다.

왕필(王弼)의 주석에 의하면 學(학)은 效(효)라고 되어 있습니다.

즉 본받는다는 것이지요.

깨우침에는 나이가 우선하지 않습니다.

살아가다 보면 인생의 길이와 상관없이 깨우침의 선과 후가 있을 수 있습니다.

나중에 깨달은 사람은 먼저 깨달은 사람을 본받아야 한다는 것이지요.

그것은 인간성의 회복에 근거하고 있습니다.

즉 본성의 회복이 가장 인간답게 살아갈 수 있는 단초가 되는 것입니다.

옛사람들 학문의 목적은 단순히 글을 익히고 꾸미는 것에 국한되지 않았습니다.

어떻게 하면 인격적으로 완성된 삶을 살아갈 것인가 하는 것이
주된 학문의 목표였지요.

올해로 학교를 30년째 다니고 있습니다.
오로지 수능을 향해 문제풀이로 치닫는 교육엔 윤기가 없어 보입니다.
느리고 천천히 가더라도 수능의 문제를 몇 개 포기하는 한이 있더라도
어떻게 살아가는 것이 올바른 것인가를 깊게 고민할 수 있는
철학과 사유를 가르칠 수 있었으면 좋겠다는 생각을 합니다.

가슴은 없고 머리만 남은 괴물이 횡행하는 사회가 될까 봐 두려운 이유
기도 하지요.

제2장

생각의 무늬

높아질수록 낮아지기

혈거(穴居)시대에 갈대로 얼기설기 이어 지은 띠풀 집에서부터
현대의 스마트폰으로 제어하며 인간에게 쾌적한 삶을 제공하는 아파트
에 이르기까지
건축의 역사는 참으로 멋진 것이 아닐 수 없습니다.

인간이 추위와 더위로부터의 피난과
외부의 맹수와 적들로부터의 보호를 위하여 만들어진 것이 건축이었으나
지금은 기하학적인 조형물과 아름다운 장식품, 웅장하고 장엄함
100층이 넘는 초고층 빌딩….
어쩌면 종합 예술적 모습으로 우리에게 다가와 있습니다.

주변을 압도하면서 멋진 외관을 뽐내는 건축은
설계자와 시공자가 그 영욕의 역사를 함께합니다.
어쩌면 건축물마다 머릿돌을 세우는 이유일 것이며
오래된 사찰이나 건물에 중수기나 중건기라는 이름으로 비석을 세워
그 뜻을 오래도록 남기고자 하는 의미일 것입니다.

돌아보면 땅 위에 건물을 짓는 사람은 많습니다.
하지만 그 안에서 내면의 문화를 일구는 사람은 많지 않습니다.

우리나라도 초고층 빌딩을 열망하는 사람들이 있습니다.

높게 더 높게, 위로 더위로 오르고자 하는 인간 욕망의 산물일 수 있지요.

우린 고층 건물의 스카이라운지에서 아래를 내려다볼 때라도

낮은 곳으로 향하는 겸손을 생각할 수 있어야 하고

번쩍이는 실내장식 속에서 명품매장이 즐비한 공간에 있다고 하더라도

우리 주변에 소박하게 살아가는 민낯의 서민들을 생각할 수 있어야 합니다.

춘천에서도 49층 아파트에 곧 입주가 시작된다고 합니다.

고층 빌딩 아래를 지나면서

높아질수록 더 낮아져야 함을 생각합니다.

오늘의 화두는 등고자비(登高自卑)입니다.

높이 오를수록 스스로 낮춰야 합니다.

높은 곳에 오르려면 낮은 곳부터 시작해야 합니다.

위의 두 가지 의미를 갖고 있는 성어이지요.

생각의 무늬

의자의 변

"여기는 당나라, 고향이 그리워도 갈 수가 없습니다.

저는 한때 왕이었습니다. 지금은 남의 땅, 병들고 노쇠한 몸 하나 뉠 곳이 없습니다. 저는 백제의 마지막 왕 의자(義慈)입니다.

역사는 승자의 기록이라고 하지만 저는 역사에 억울한 점이 많습니다.

신라의 경순왕이나 고려의 공양왕은 나라를 송두리째 바쳤지만

저는 끝까지 나라를 지키기 위하여 일신을 돌보지 않고 싸웠는데

역사는 경순왕이나 공양왕보다도 저를 더 못된 왕으로 폄하하고 있으니 말입니다.

경순왕(敬順王)은 누구를 공경(敬)하고 누구에게 순종(順)했는지….

왕의 이름이 그러하고

공양왕(恭讓王)은 한술 더 떠서 공손하게 왕위를 물려주었다는 의미이지만 저 의자는 의롭고(義) 자애롭다(慈)는 뜻이 있답니다.

어쩌면 승자독식 사회에서 저자인 김부식의 붓끝에서

그의 시각이라는 프리즘을 통하여 몇 줄의 폄훼된 기록이 저의 치적과 통치 철학의 전부라고 여겨져 왔으니까요.

저를 떠올리면 누구든 삼천 궁녀를 같이 생각할 겁니다.

제가 왕을 할 당시 수도인 사비의 인구는 총 5만 명 정도였습니다.
그중에서 남자를 제외하고, 어린이를 제외하고, 결혼한 아낙을 제외하면
모든 여자를 모아야 삼천을 채울 수 있으니, 그건 가당치 않은 일입니다.
인구가 폭발적으로 증가하고 국격이 높았던 조선에서도
궁녀를 가장 많이 유지했던 것이 600명 정도였으니까요.
과거 일부 문인들의 감성적 표현이 근거 없이 인구(人口)에 회자되고 있는
것은 슬픈 일입니다.”

요즘 역사 교과서 때문에 말이 많습니다.
사건과 진실은 하나일지 모르지만, 역사는 관점으로 존재하기 때문에
해석은 분분하게 마련입니다.

저는 종북이니 좌빨이니 하는 것을 잘 알지 못합니다.
마찬가지로 뼛속 보수니 수구꼴통이니 하는 말도 잘 알지 못하지요.
민주주의는 다양한 의견들의 통합 속에서 발전해 갑니다. 그것이 마치
나무의 뿌리처럼 서로 얽혀 있어 견고한 사회를 이루는 것이지요.

그 사회를 더욱 굳건히 하기 위해서는 역사를 올바로 가르쳐야 합니다.
사물을 바라볼 때는 어느 한쪽 면에서만 접근해서는 실체를 온전히 파
악하기 어렵습니다. 여러 가지 시각을 가지고 사물을 대할 때 격물(格物)할
수 있고 지식의 바다인 치지(致知)의 경지에 다다를 수 있지요.

역사의 진실과, 시각의 다양성은 모두 존중받아야 마땅한 것들입니다.

올해 노벨상을 보면서

지구별에 살고 있는 인구의 총량은 67억 정도 된다고 합니다.
그중에 우리나라는 약 5,000만 정도의 인구이고
유태인은 1,700만 정도 됩니다.

그리고 국민 평균 아이큐나 국제 수학올림피아드 성적을 보면
우리는 세계에서 1, 2위를 다투지만
유대인은 30위 근처를 헤맵니다.

그런데 말입니다.
노벨상을 받은 것으로만 판단하면 우리나라는 2명인데 비하여 유대인은
184명이나 됩니다.
물론 노벨상이 민족이나 국가의 장래를 재는 척도는 될 수 없겠지만
일단 우리나라 측면에서 보면 기분이 언짢은 것이 사실입니다.

유대인은 머리도 좋지 않고, 수학도 못하고, 인구도 적은데….
우리와 비교불허일 정도로 우수한 사람들이 많이 배출되고
그 사람들이 인류에게 끼친 영향이 지대하다는 것은
한 번쯤 생각해 볼 필요가 있습니다.
그것은 어쩌면 교육의 차이에서 오는 것일는지 모릅니다.

유대인은 자유로운 생각의 전환을 많이 가르칩니다.

즉 토론과 논쟁을 통하여 답을 찾아가도록 유도하지요.

흥부와 놀부를 가르치면

우린 놀부는 나빠서 벌을 받고 흥부는 착해서 복을 받는다고 가르칩니다.

왜? 라는 물음은 생략되고, 혹여 묻는 사람이 있으면 머리 나쁜 부진아로 치부됩니다.

왜 놀부는 부모의 재산을 혼자 독차지하게 되었으며

흥부는 상황을 벗어나려고 노력하지 않았는지….

누구의 잘잘못을 떠나 상황 논리 속에서 자신만의 정답을 찾아가야 합니다.

생각의 근력을 길러야 하는 것이지요.

수학을 잘하는 사람으로 키우려면

어려운 문제를 풀고 답을 잘 내는 것이 아니라

수학적인 사고로 문제해결력을 발휘하는 사람으로 성장시켜야 하는 것이고

언어나 사회탐구 분야에서 뛰어난 사람으로 키우려면

교과서나 참고서에 있는 모범답안을 줄줄이 외워 그대로 옮기는 사람이 아니라

풍부한 독서와 깊은 사색에서 나오는 자신만의 창의적 답안을 써내는 사람으로 키워내야 합니다.

우리 민족이 우수하다고 오만하게 앉아 있을 것이 아니라
현실의 통렬한 반성을 통한 미래 성장을 바라보아야 합니다.
우린 결코 나약하거나 뒤떨어진 민족이 아니니 말입니다.

*아주 단순하게 인구 비례로만 계산한다면
유대인이 184명의 노벨상을 배출할 때 우리도 540명을 배출해야 했습니다.

난득호도(難得糊塗)

춘추전국시대 때 정(鄭)나라 무공(武公)은 이웃 나라인 호(胡)나라를 쳐들어가려고 했습니다.
그리고 자신의 침략 의도를 감추고자 호나라 왕에게 딸을 시집보내 그들을 안심시킵니다. 어전회의에서 이렇게 묻지요.

"과인이 다른 나라를 공격하려고 하는데 어떤 나라를 공격하는 것이 좋겠소?"
이때 관기사(關其思)란 신하가 왕의 의도를 꿰뚫고
호나라를 먼저 공격해야 한다고 주장했습니다.

왕은 벌컥 화를 내며

"저놈은 과인에게 사돈 나라인 호나라를 공격하라고 부추기고 있다.
사위의 나라와 싸움을 부추기는 저놈은 마땅히 참수하는 것이 옳을 것이다!" 하며
그를 참수형에 처하게 됩니다.

호나라를 공격하자고 주장했던 신하가 죽었다는 소식을 들은 호나라는
완전히 경계를 풀고 안심하였고,
그 틈을 타서 정나라는 호나라를 공격하여 멸망시켰다는 이야기지요.
처세의 으뜸으로 치고 있는 손자병법에는 온갖 사술(邪術)이 난무하고 있습니다.
전쟁이라는 것이 오로지 승리에 목적이 있는 것이기 때문에
과정에서의 권모술수와 온갖 속임수가 정당화됩니다.

그래서 병법은 자신이 갖고 있는 모든 것을 여과 없이 드러내는 사람을
하수(下手)라고 규정합니다.
즉 자기 모습과 의도를 상대방에게 보이지 않으면서
상대방의 의도를 파악하는 것이 가장 중요한 것이지요.
두 걸음 나아가기 위해서는 한 걸음 물러나는 것을 아까워해서는 안 된다는 이야기입니다.

매가 먹이를 채려고 할 때는 날개를 움츠리며 나직이 날고,
맹수가 사냥을 할 때는 귀를 세워 납작 엎드리고,
멀리 뛰고자 하는 개구리가 잔뜩 웅크리고 있는 것과 같습니다.

위 난득호도는 '바보인 척하기는 정말 어렵다.'는 뜻입니다.

자기 능력을 과시하고 자랑을 일삼고 재주를 드러나 보이게 되면

상대방은 경계의 눈초리를 갖고 시기 질투할 것이므로

결과적으로 나에게 이로운 것이 없습니다.

세상 누구든 잘난 맛에 사는 덕에 나의 장점을 드러내지 않기란 쉬운 일

이 아닙니다.

노자는 도덕경에서 대교약졸(大巧若拙)을 이야기합니다.

크게 교묘한 것은 마치 졸렬한 듯 보인다는 것이지요.

위대한 성인(聖人)은 마치 어린아이와 같다는 의미입니다.

현명한 사람은 어리석은 듯한 얼굴빛을 합니다.

죽어서 대접받는 사회

장자가 '복수'에서 낚시하고 있는데,

초나라의 왕이 두 사람의 대부를 보냈습니다.

"나는 우리나라의 모든 일을 선생에게 맡기길 원합니다."

장자는 낚싯대를 쥔 채, 돌아보지도 않고 이렇게 말했습니다.

"내가 듣건대, 초나라에는 죽은 지 이미 3천 년이나 된 신령한 거북이가

있는데,
　왕은 이것을 상자에 넣고 비단보로 싸서는
　나라의 묘당 안에 소중하게 간직하고 있다지요.

　그런데 그 거북이는, 자기의 뼈가 죽은 후에도 남겨져서
　소중하게 떠받들어지기를 바랐을까요,
　아니면 살아서 진흙에 꼬리를 끌며 자유로이 다니기를 바랐을까요?"

　그러자 대부가 말했습니다.
　"그거야 응당 살아서 진흙 속을 꼬리를 끌며 다니기를 바랐을 것입니다."
　이에 장자가 말하지요. "그러니 돌아가시오.
　나도 진흙 속에서 꼬리를 끌며 자유로이 노닐고 싶답니다."

　장자는 정치에 참여하지 않고 주관적인 행복에 치중합니다.
　물론 위 이야기는 아무 거리낌 없이 절대 자유의 경지에 노니는 장자의
　소요유의 참된 의미를 생각게 합니다.
　그리고 삶과 죽음을 돌이켜 보게 하지요.

　옛날 가마는 벼슬이 높은 사람만 탈 수 있었던 운송 수단입니다.
　요즘 말하면 고급 승용차에 해당한다고 할 수 있겠지요.
　서민들은 평생 가마를 탈 일이 없었습니다.
　단 두 번 시집갈 때 탔던 꽃가마와 죽어서 타는 상여를 제외하면 말이지요.
　평생 구경만 했던 가마를 죽어서 탄들 무슨 의미가 있을까요?
　영생원에는 우리가 평소에 구경하기도 힘든 대형 리무진이 있습니다.

죽은 사람이 이용하는 영구차이지요.
살아서 한번 타보지 못한 것을 죽어서 타보는 셈입니다.
그것 또한 무슨 의미가 있을까요?

사람이 죽었을 때 하는 모든 행위는 산 사람을 위한 것입니다.
그렇게 해서라도 마음의 위로를 받고 싶은 것이지요.
그러니 진흙탕에 굴러도 이승이 좋다는 이야기가 있고 보면
살아있을 때 무엇이든 해야만 합니다.

어쩌면 죽어서 대접받는 사회가 된 것 같아 씁쓸함이 있습니다.
있을 때는 중요성을 모르다가 없을 때야 절실하게 느끼는 경우가 많고 보
면 아주 평범한 말이지만 있을 때 잘해야 합니다.

그리지 않고 그리기

송나라 휘종 황제는 그림을 몹시 좋아하는 임금이었습니다.
그는 곧잘 유명한 시 가운데 한두 구절을 골라
이를 화제(画題:그림의 제목)로 내놓곤 했지요.

한 번은 '어지러운 산, 옛 절을 감추었네(乱山蔵古寺)'란 제목이 출제되었습

니다.

　화가들은 무수히 많은 봉우리와 계곡,

　그리고 그 구석에 자리 잡은 고색창연한 퇴락한 절의 모습을 그리는 데
집중했지요.

　그런데 일등으로 뽑힌 그림은 화면 어디를 둘러보아도

　절의 모습은 찾을 수 없었습니다.

　그 대신 숲속에 조그만 길이 나 있고,

　그 길로 중이 물을 길어 올라가는 장면을 그려 놓았지요.

　중이 물을 길러 나왔으니 그 안 어디엔가 분명히 절이 있을 터이고

　산이 깊어 절을 감추고 있어 보이지 않을 뿐인 것이지요.

　내재된 의미가 참으로 중요합니다.

　바람이 불면 촛불은 꺼져도 반딧불은 꺼지지 않습니다.

　그건 빛이 내재되어 있기 때문이지요.

　진정한 빛은 빛나지 않습니다(真光不輝).

삼불가지(三不可知)

"세 가지는 알 수 없는 일이다."

김구는 나라의 해방을 그토록 염원했지만
해방된 조국에서 살아보지 못했고
이순신은 나라를 위해 몸과 마음을 다 바쳐 일본을 몰아냈지만
평화로운 조선에서 살아보지 못했습니다.

하루아침에 불치병 진단을 받은 대부분의 사람은
이렇게 이야기합니다.
고생고생하다가 이제 좀 살만한데 몹쓸 병에 걸렸다고….
노후를 대비한다고 변변한 휴가도 없이 일만 하다가
은퇴자금 한 번 써보지 못하고 덜컥 쓰러지기도 합니다.

사람은 언제(When), 어디서(Where), 어떻게(How) 죽음을 맞이할지
아무도 모릅니다.
그것을 삼불가지(三不可知)라고 하지요.

우린 살면서 죽음을 접할 기회를 얻지 못합니다.
죽음이란 중환자실에서 이루어지는 비교적 비밀스러운 일이기도 하거니와

평생에 단 한 번 경험할 수 있는 매우 희소한 일이기 때문입니다.

삶과 죽음이 예 있으매….
월명사의 제망매가 첫 소절입니다.
보통 사람은 삶은 여기에 있고 죽음은 저기에 있습니다.
하지만 월명사는 이야기하지요.
삶과 죽음이 여기 있노라고….

가끔 장례식장에 문상하러 갑니다.
가장 많이 듣는 이야기는
아무것도 못 해줬는데…. 그 흔한 반지, 사랑한단 말 한 마디….
대부분은 못 해준 것에 대한 회한의 마음이 많습니다.

우린 가끔 인생의 마지막을 생각해야 합니다.
그리고 아낌없이 베풀고 인정하고 사랑해야 합니다.
죽음을 알면 삶이 더 귀해지기 때문입니다.

장량의 일화

장량이 젊었을 때의 일입니다.

길을 가다가 다리 난간 위에 앉아 있는 노인을 만나지요.

그 노인은 일부러 신발을 떨어뜨리고는 장량에게 이렇게 이야기합니다.

"젊은이! 다리 밑으로 내려가 내 신발을 좀 주워 오게나."

갑자기 무례한 요구에 장량은 분노가 일었지만

잠시 마음을 가라앉히고 생각해보니 상대방은 자기보다 나이가 한참 많은 노인이라

기꺼이 다리 밑으로 내려가 신발을 주워 노인에게 건넸습니다.

노인이 장량에게 명령하지요.

"빨리 신발을 신기거라!"

장량은 그 말에 아무런 내색 없이 조심스럽게 노인의 발에 신발을 신겨 드렸습니다.

노인은 그때서야 만족한 듯 한바탕 웃으며 한마디 하지요.

"젊은 친구가 가르칠 만하구나!

닷새 후 이른 새벽에 이곳으로 나오게.

내가 자네에게 가르쳐 줄 것이 있네."

닷새 후 첫닭이 울 무렵 장량은 서둘러 그 다리로 갔습니다.

그런데 그 노인이 먼저 와 있었습니다.

"약속한 시간보다 늦었구나. 도(道)를 전하기에는 부족하니 닷새 후에 다시 오너라."

이 말을 남기고 휭하니 가버렸습니다.

장량은 자정쯤 그 장소로 가니 그 노인이 또 먼저 나와 있었습니다.

노인은 5일 뒤 마지막으로 한 번 더 기회를 준다고 하면서 훌쩍 사라졌지요.

약속한 날이 되어 장량은 초저녁부터 다리에서 기다립니다.

잠시 후 도착한 노인은 장량의 충직하고 온후하며 정성스러운 성품을 보고는

품속에서 책 한 권을 꺼내어 장량에게 건네주지요.

"돌아가 이 책을 읽고 열심히 공부하거라.

앞으로 너는 제왕(帝王)의 군사(軍師)가 될 것이다."

말을 마치고 노인은 연기처럼 사라져 버렸습니다.

그 책은 '태공병법(太公兵法)'이라고 전해집니다.

장량은 이때부터 그 책을 탐독하여

마침내 병법에 통달하고 세상에 나와 한고조 유방(劉邦)을 도와

진나라를 멸망시키고, 항우를 이기고 천하를 통일합니다.

장량에게서 배울 것은 그의 성품이나 화려한 치적이 아닙니다.

고조 6년 공신들에게 포상할 때 세운 공을 인정받아 3만 호를 받았지만,

스스로 사양하고 고조를 처음 만난 유(留) 땅을 받고 싶다고 했습니다.

그래서 유후에 봉해졌고 한이 세워진 후에는 정치에 일체 관여하지 않습니다.

정치적 목적을 이루고 나면 가장 큰 문제가 되는 것이 공신들입니다.

그들은 공을 세운 만큼 경제적 이득과 권력의 상층부를 요구하지요.

세상에 권력만큼 나누어 갖기 힘든 것이 없습니다.

그러니 공신들은 왕과 척을 지게 되고 결국 그것이 단명의 빌미가 됩니다.

최고의 공신인 한신은 정치에 관여했다가 유방에게 죽임을 당합니다.

토사구팽(兎死狗烹)이라는 유명한 말을 남기고 말이지요.

하지만 장량은 노후를 여유롭고 슬기롭게 살아갑니다.

그가 천수를 누린 복 뒤에는 욕심을 줄이고 내려놓는 마음가짐이 있었기 때문입니다.

욕심을 부리기는 쉬워도 욕심을 다스리기는 쉽지 않습니다.

먹고 살 만한 세상인데도 행복지수가 낮은 이유는

욕심을 통제하지 못하는 것이 가장 큰 이유가 아닐까 합니다.

■토사구팽(兎死狗烹): 토끼 사냥이 끝나면 사냥개를 삶아 죽인다.
  훌륭한 사람이라도 쓸모가 없어지면 버려진다는 의미

게발선인장을 보며

짙은 안갯속의 파스텔톤 세상이
성하던 국화꽃을 시들게 한 무서리가 오가는 계절감을 느끼게 합니다.

관사 생활을 하다 일주일 만에 방문한 집엔 크게 변한 것이 없습니다.
수조 속의 물고기들은 그리 성장한 것 같지 않고
서른 개 가까이 되는 화분도 달라져 보이지 않습니다.

그런데 지난여름 분갈이와 꺾꽂이로 개체 수를 늘려놓은
게발선인장이 가지 끝마다 연분홍색 꽃망울을 이었습니다.
얼마나 앙증맞은지 보는 내내 미소가 떠나지 않습니다.

게발선인장은 여름내 다른 꽃들이 피고 지고를 거듭할 때
밋밋하게 푸르름만 간직한 채 한 귀퉁이를 조용히 지키고 있던 놈이거든요.
오랜 기다림 속에서 이제 비로소 꽃망울을 터뜨릴 준비를 한 것이지요.

사람은 절대 자유 속에서 소요유(행복)를 느끼고 싶지만
비교를 통하여 불행해집니다.
그러니 옆에 사람들이 승승장구하는 것을 볼 때마다
내 삶이 초라해짐을 느끼게 됩니다.

마치 여름 꽃밭에 놓인 게발선인장처럼 말입니다.

봄, 여름, 가을, 겨울에 이르기까지 꽃은 피는 계절이 서로 다릅니다.

그러니 여름까지 기다려 꽃이 피지 않았다고 좌절할 이유가 없습니다.

꾸준함이 있다면 언젠가는 꽃을 피워 올릴 것이며

그 계절은 당신의 것이 될 것이기 때문입니다.

솜씨 좋은 목수가 산에서 막 베어낸 원목이라도

많은 시간과 공을 들여야 좋은 재목이 됩니다.

큰 종이나 큰 솥은 쉽게 만들어지지 않습니다.

지금 당장이 아니고 좀 더 멀리입니다.

세상엔 당신만큼 귀한 사람은 존재하지 않기 때문입니다.

연약함과 더불음

우리는 사나운 짐승을 생각하면 호랑이나 사자를 떠올립니다.

평화스럽고 안락함을 생각하면 사슴을 떠올리지요.

대체로 동물들은 그 성격에 맞는 신체 구조를 갖추고 있습니다.

호랑이와 사자는 매우 잘 발달한 근육과 강한 이빨이 특징이고

사슴은 큰 눈망울, 긴 목, 화려한 뿔이 특징입니다.

어느 것 하나라도 상대에게 위해를 가할 무기를 갖고 있지 못합니다.

우리 인간을 봅니다.
예리한 뿔이나, 날카로운 이빨, 심지어 튼튼한 다리도 없는 인간은
맹수보다는 사슴에 가깝습니다.

치아 구조와 배열을 보더라도
인간은 육식의 물어뜯는 구조가 아니라
초식에 맞는 씹어 잘게 부수는 어금니 구조를 갖추고 있습니다.
결론은 인간은 예로부터 평화 지향적 존재였다는 것이지요.

한자로 독(独)은 혼자, 홀로, 고독을 의미합니다.
변에 위치한 견(犬)으로 보아 동물의 일종이라는 것을 알 수 있는데
힘이 강하여 늘 혼자 다녔다고 합니다.
그것이 의미가 전이되어 외로움을 뜻하게 된 것이지요.

힘이 강한 동물일수록 홀로 살아가는 경우가 많고
연약한 동물일수록 무리 지어 사는 경우가 많습니다.
우리 스스로 인간(人間)이라는 표현을 쓰고 보면 애초에 무리를 떠나서
살 수 없는 존재인 것만큼은 틀림이 없어 보입니다.

연약함의 기본은 더불음에 있습니다.
그 더불음 속에서 얼마나 조화롭게 살아가느냐 하는 것이 중요한 것이지요.
성당의 건물과 한갓 돌무더기는 다릅니다.

돌이 성당을 귀하게 만드는 것이 아니라
성당이 박혀 있는 돌들을 귀하게 만드는 것입니다.

내가 한 알의 모래라고 하더라도
내가 어떤 일에 함께 참여하느냐 하는 것이 중요한 것이고
나의 귀함은 곧 어느 집단과 더불어 하느냐에 달린 것입니다.

하루 종일 꽃밭에 있던 사람에게는 꽃향기가 나지만
시궁창에 있는 사람에겐 악취가 나게 마련이니까요.

상대적 사고방식

제 고향 춘천의 진산은 봉의산입니다.
같은 산이지만 동쪽에 사는 사람은 서산(西山)이라고 느낄 것이며
서쪽에 사는 사람은 동산(東山)이라고 느낄 것입니다.
얕은 구릉만 보고 살아온 사람은 큰 산이라 느낄 것이며
높은 산을 주로 다닌 사람은 작은 산이라고 할 것입니다.
산의 실체는 분명 하나인데도 느끼는 사람의 마음에 따라 모두 다르게
인식되니 세상의 모든 것은 상대적인 것이 아닌 게 없습니다.

살아가면서 덤으로 얻은 것들이 있습니다. 사회적 지위가 그것이지요.

저는 학교에서는 교사로 재직하지만 어떤 모임에서는 회장 역할을 하기도 하고 사무국장 일도 하고 있으며

단순히 회원 자격으로 참여하는 경우도 많습니다.

중요한 것은 회원 자격으로 참여하고 있는 곳에서 회장 노릇을 하려고 하면 안 되는 것이고

사무국장을 하면서 일개 회원의 역할에 그쳐서도 안 되는 것이지요.

그러니 입장에 따른 상대적 처신을 해야 합니다.

세상을 보는 눈도 그러합니다.

인생에 정답이 존재한다면 얼마나 좋을까요? 그러나 세상을 바라보는 눈이 다양한 만큼 의견이 많을 수밖에 없습니다.

그러니 나만 옳다고 주장해서는 안 됩니다.

서로 의견이 다를 뿐이지 옳고 그름은 없는 것이니

상대방의 의견을 존중하고 세상을 좀 더 넓게 보아야 합니다.

그것이 독불장군(独不将軍)을 면하는 길이고

세상과 조화롭게 살아가는 방법입니다.

세상과 타협하는 것과 올바른 시각을 가지는 것은 구분되어야겠지만 말입니다.

적극적 경청

경청(傾聽)은 기울여 듣는다는 의미입니다.
사람은 관계에 있어 편안한 거리가 있습니다.
그것을 대화거리라고도 하지요.

보통은 친밀할수록 대화거리가 가깝고 멀수록 대화거리도 멀게 되어 있습니다.
사랑하는 연인들은 부딪칠까 무서울 정도로 가까이 붙어 있어야 편안함을 느끼고
모르는 사람과는 적어도 2, 3미터는 떨어져 있어야 안정감을 느낍니다.

그러니 경청이란 자기 몸을 기울여 최대한 적극적으로 상대방의 말에 귀 기울여주는 것을 의미합니다.

아내가 기분이 몹시 상해서 집에 들어왔습니다.
밖에서 일어난 일을 침을 튀기며 이야기하지요.
그때 남편이 한 마디 합니다. "아니 그건 당신이 잘못했네."

아내는 자기가 잘못한 것을 몰라서 하는 말이 아닙니다.
적어도 자기 말에 귀 기울여주는 자기편 한 사람이라도 있어 주기를

바라는 마음에 하소연하는 것이지요.
남편의 생뚱맞은 한마디는 아내에게 상처로 남습니다.

관계는 대화 속에서 이루어집니다.
경청은 상대방의 마음을 있는 그대로 읽어주는 것입니다.
상대방의 생각에 대하여 적극적으로 공감해 주고
그 속뜻을 알아 헤아려주는 것입니다.

우리는 대화한다고 하면서도 주장을 하는 경우가 많습니다.
상대방을 나의 의도대로 조정하고자 하는 심리가 저변에 깔린 경우가 많기 때문이지요.
특히 가까운 사람일수록 배려와 존중보다는 자기중심적인 생각을
상대방에게 강요하는 경우가 많으니 경계할 일입니다.

화자에게 얼굴만 돌릴 것이 아니라 몸도 돌려야 하는 것이고
미소 띤 얼굴만 할 것이 아니라 가끔 끄덕이기도 해야 하는 것이고
조용히 듣는 것보다는 활기찬 반응을 해 주어야 합니다.

먼저 입을 열기 전에 귀를 열어야 합니다.
聖(거룩할 성)은 인간이 도달할 수 있는 최고의 경지입니다.
그것을 파자하면 耳와 口 그리고 王자가 나옵니다.
모두 듣고 난 이후에 말을 해야 뛰어난 존재가 된다는 것이지요.
그것이 耳가 먼저 나오고 口가 나중에 나온 이유일 것입니다.

우리가 흔히 보는 꽃 한 송이, 풀 한 포기도

가만히 귀를 기울이면 그들만이 갖고 있는 진여의 세계를 볼 수 있을뿐
더러 진실한 사랑의 마음을 가지게 됩니다.

잘 들어주는 사람만큼 멋진 사람은 없습니다.

반야바라밀다심경(般若波羅蜜多心經)

저는 종교인은 아니지만 가끔 성경이나 불경을 보곤 합니다.

경(経)이란 지구상에 존재하는 책 중에서 가장 위대한 것에 붙여지는 접
미사이니까요.

반야바라밀다심경은 당나라 현장법사가 한역한 것이며 그 글자 수는
272자에 불과합니다.

하지만 불경으로서는 가장 유명한 경전이지요.

반야는 지혜를 의미합니다. 바라밀다는 피안으로 건너간다는 의미이지요.
즉 도피안(到彼岸)의 의미입니다.

쉽게 말하면 지혜의 배를 타고 진여의 세계로 건너간다는 의미를 담고
있는 경전입니다.

이 경전의 내용은 너무 깊고 심오해서 글로 형용해 내기 어렵습니다.
그러나 대강을 정리하면 마음을 갈고 닦는 것에 귀결됨을 알 수 있습니다.
참된 마음, 교만하지 않은 마음, 영원히 마르지 않는 샘물 같은 마음
긍정의 마음…. 이런 것들이 결국 해탈에 이르는 길이라는 것이지요.
그러니 마지막에 심경(心経)이라는 단어가 들어간 것입니다.

마음은 사람의 내면에서 우러나는 성품이고 감정이며 의지의 주체입니다.

마음에 대하여 본격적인 관심을 가진 사람은 원효입니다.
그는 해골바가지 물을 벌컥벌컥 마시고
"마음이 없으면 감분(龕墳 : 불상을 모신 감실과 시신을 묻은 무덤)도 다를 것이
없음을 알았다."라고 말합니다.

논어 헌문 편에 나오는 일화입니다.
자로가 석문에서 묵게 되었는데 문지기가 물었습니다.
"어디서 오셨소?"
자로가 말했습니다. "공씨(공자) 문하에서 왔습니다."
그러자 문지기가 말했지요.
"아, 그 안 되는 줄 알면서도 그 일을 하는 사람 말인가요?"
■자로: 공자의 제자

공자는 그 시대 사람들의 눈에 불가능한 일을 꿈꾸는
그저 어리석은 사람으로 보여졌나봅니다.
그러나 그는 4대 성인 중의 하나로 동양의 태두가 됩니다.

생각의 차이가 만들어 놓은 결과이지요.

마음 밭을 잘 가꾸어야 합니다. 세상은 존재론적인 의미로 실존하지만
개인에겐 마음의 해석으로 존재하기 때문입니다.

불행해지는 방법

아이가 학교에서 즐거운 마음으로 돌아왔습니다.
"엄마 나 오늘 받아쓰기 100점 맞았어."
"요즘 열심히 하더니 정말 잘했구나. 그런데 몇 명이나 100점을 맞았어?"

대부분의 엄마는 아이가 거둔 성취의 정도를 칭찬하는 것에 앞서
먼저 다른 아이들과 비교하기를 좋아합니다.
100점 맞은 아이가 많으면 별로 잘하지 못한 기분이 들고
남들이 추풍낙엽인데 나 홀로 독야청청이라면
날아가는 기분이 드는 것이 사실입니다.

우리의 비교문화는 체면문화와 잘 버무려져서
사회적 불행의 씨앗으로 기능하고 있는데도
그 속에 함몰되어 살아가는 우리들은 그 사실을 잘 인지하지 못합니다.

비교는 상대적 열등감과 우월감을 낳습니다.
우린 열등감을 가진 사람을 불행하게 여기고
우월감을 가진 사람은 행복하다고 여길지 모르지만
객관적 관점으로 보면 열등감이나 우월감은 모두 좋지 않은 것입니다.
더불어 사는 세상에서 방해요소로 작용하기 때문이지요.

아름다운 인생은 다른 사람의 삶과 자신의 삶을 비교하지 않는 데서 출발합니다. 인생의 목적은 남들보다 잘나고 우위에 서기 위함이 아니라.
즐거운 삶 속에서 행복해지기 위함이니까요.

가치는 남과의 비교에서 생기는 것이 아니라
그 자체로서 존재하는 것이기 때문에 아름답습니다.

"난 세상에 하나밖에 없는 꽃을 가진 부자인 줄 알았어.
그런데 실은 평범한 장미 한 송이를 갖고 있을 뿐이었어.
그 장미와 내 무릎까지 오는 세 개의 화산뿐이야.
게다가 화산 하나는 영원히 꺼졌으니…….
그것들만으로는 위대한 왕자가 될 수 없어.
어린왕자는 풀밭에 엎드려 울었다."
―생텍쥐페리, 어린왕자―

확실히 불행해지는 가장 좋은 방법은 남과 열심히 비교하는 것임에는 틀림이 없습니다.

생각의 무늬

심수무성(深水無聲)

산골짝을 지나 평야로 나온 물은 그 넓이와 깊이만큼 소리가 없습니다.

오랜 세월 깊은 뿌리를 내리는 소나무도 소리가 없기는 마찬가지이며
가을에 풍성한 열매를 맺는 나무도 소리가 없기는 매한가지입니다.
그들은 침묵 속에서 자신의 할 일을 꾸준히 일구어갑니다.
그것이 낙락장송으로, 또한 실한 과일나무로 성장시키는 것이지요.

지혜가 많으면 고요하지만, 빈 깡통은 요란합니다.
그러나 더 요란한 것은 반쯤 찬 깡통입니다.
제대로 차있지도 않은 것이 견딜 수 없는 소리를 냅니다.
선무당이 사람 잡는 격이지요.

별 볼 일 없는 것 같은데도 자기 자랑에 해가 저무는 사람이 있습니다.
사람은 왜 자랑을 할까요?
어쩌면 그것은 부족한 자기 보상 심리일 수 있습니다.
내세울 것 없으니, 사돈의 팔촌이라도 팔며 자랑해야 직성이 풀리는 것
이지요. 그러니 자랑을 많이 하고 다니는 사람은 불쌍한 사람입니다.

세상을 살다 보면

못난 사람이 잘난 척을 하게 마련이고
가난한 사람이 부유한 척하게 마련이며
무식한 사람이 유식한 척하게 마련입니다.
그러니 빈 깡통을 경계해야 합니다.

작은 그릇에 큰 그릇을 포갤 수 없는 일이며
얕은 물에 큰 배를 띄울 수 없는 것입니다.
그러니 스스로 채우되 잘 익은 벼 이삭처럼 겸손할 수 있어야 합니다.

대인은 허세를 부리지 않습니다.
앞서 이야기한 진광불휘(真光不輝)의 의미를 되새겨 보아야 합니다.
그리고 스스로 빈 깡통이 아닌가 돌아보아야 하지요.
깊은 물은 소리가 없습니다.

■ 진광불휘(真光不輝): 진정한 빛은 빛이 나지 않는다.
■ 심수무성(深水無聲): 깊은 물은 소리가 없다.

내용과 형식

잘 지은 대궐의 정문엔 대개 문이 3개 있습니다.

가운데 것이 가장 크고 위엄 있으며 양쪽은 비교적 작습니다.

대궐의 문에도 법도가 있어서 오직 왕만이 가운데 문으로 드나들 수 있었으며 문관은 왼쪽 문을 무관은 오른쪽 문을 사용해야 했습니다.

공자가 대궐을 드나들 때를 묘사한 글이 있습니다.

"그는 대궐에 들어갈 때 마치 문이 좁아 들어가기 힘든 것처럼 몸을 굽혀 송구스러워했으며 문지방을 밟지 않았다.

안색을 단정하게 하였으며 태도는 신중하고 경건하였다."

위의 예는 형식에 관계된 것이라 할 수 있습니다.

군대의 직각 식사나 제식훈련을 통한 열병식은

이런 형식의 극치를 보여줍니다.

그런데 아이러니한 것은 형식이 그리 중요하지 않다고 여기지만

일정 부분 마음을 지배한다는 것입니다. 왕의 문으로 다닐 수 없다는 것은 그 이면에 왕에 대한 경외심을 가져야 하며

무조건적인 복종과 충성심을 가져야 한다는 무언의 압력입니다.

옛말에 "내용이 없는 형식은 공허하고

형식이 없는 내용은 맹목이다."라는 말씀이 있습니다.

알맹이만 잔뜩 모아 놓고 담을 그릇이 없다면 의미가 없는 것이고
그릇이 지천인데 알맹이가 없다면 그 또한 의미가 없습니다.

"형식적이다."라는 말은 상당히 부정적인 모습을 내포하고 있습니다.
그러니 형식과 허례허식은 구분되어야 마땅한 것이지요.

우리는 형식과 내용이라는 표현보다는 내용과 형식이란 표현을 즐겨 합
니다.
그건 아마도 굳이 나눈다면 형식보다 내용이 더 중요하다는 의미일 겁니다.

우리말에 안팎이란 표현은 있어도 밖안이란 표현은 없습니다.
한자도 내외(內外)란 표현은 있어도 외내(外內)란 표현은 사용하지 않습니
다. 모두가 안이 중요하기 때문이지요.

그리고 성어중형어외(成於中形於外)란 말씀도 중요함이 中에 있는 것이지
결코 外에 있는 것이 아닙니다.

■성어중형어외(成於中形於外): 마음속에 정성스러움이 있으면 반드시 겉
모양으로 나타남(대학)

생각의 무늬

제3장

자연의
가르침

나무에게서 배우기

유럽을 여행하면서 가장 부러웠던 것은
잘 발달한 평야나 부유한 세상살이, 온난한 기후가 아닙니다.
저는 울울창창하게 하늘에 기대어 쭉쭉 자란 커다란 나무가 제일 부러
웠습니다.

우린 매일매일 나무와 숲을 보고 살아가지만
그들이 얼마나 고마운 존재인지는 잊고 살 때가 많습니다.

큰 나무 한 그루는 하루에 4명이 마실 수 있는 양의 산소를 생산하고
공기 1리터 당 7천 개의 미립자를 감소시키며
약 380리터의 물을 지하에서 끌어올려 증발시킵니다.
그리고 지구 온난화의 주범인 이산화탄소를 흡수하지요.

이런 활동을 50년간 했을 경우 돈으로 환산하면
산소 3,400만 원, 물 3,900만 원, 오염원 제거 6,700만 원이 된다고 합
니다.
그러니 평생 1억4천만 원의 값을 하고 있는데
사람들은 그 귀함을 잘 알지 못합니다.
나무는 이른 봄 연녹색으로 우리의 마음을 정화시키고

각종 열매로, 불타는 단풍으로 우리의 시각과 미각에 아름다움을 주기
도 하며
시원한 그늘로 쉼터를 제공하기도 합니다.

때론 인간에 의하여 강제로 일생이 마무리되기도 하지만
목재나 종이, 가구나 연장으로 환생하여 도움을 주기도 하고
최후에 몸을 불사르는 화목에 이르기까지 나무야말로 인간에게 아낌없
이 주는 선물입니다.

큰 그늘을 만드는 나무처럼 배려할 수 있어야 합니다.
평생 같은 자리에 살면서 남의 탓하거나 시기하지 않으며
최선을 다해 열매를 맺는 정직한 삶도 본받아야 하지요.

설악산에서 본 정상부의 고목이 뇌리에서 떠나질 않습니다.
그 추위와 바람, 수시로 바뀌는 악천후 속에서 살다가
한 그루 고목으로 자리를 지키며 서 있는 의연함 속에
작은 싹이 새롭게 돋아나는 생명을 보았기 때문이지요.

나무의 묵묵함이 거목을 만듭니다.
소리 없는 꾸준함이 아름드리를 만듭니다.
그러면서 주변에 끊임없이 베푸는 나무는 진정 성자를 닮았습니다.

혼자를 배려하지 않는 사회

연애, 결혼, 출산을 포기하는 세대를 3포 세대라고 합니다.

이런 현상은 나라의 미래를 담보로 기성세대들이 만들어 놓은 기존 사회에 대한

젊은 층의 처절한 저항입니다.

우리나라에서 취업은 솔로보다는 기혼자에게 유리합니다.

언제 그만둘지 모르는 총각보다는

가정을 부양해야 하는 기혼자가 더 책임감이 있을 것으로 생각하기 때문입니다.

가끔 출장을 갑니다.

혼자서 식사를 해결해야 하는데…

식당에 가는 것이 그리 녹록지 않습니다.

어쩌면 테이블 개념의 식당들이 많기도 하거니와

1인분은 아예 팔지도 않는 식당도 있고

무엇보다도 혼자라는 이유로 불쌍히 여기는 사회적 시선이 따갑기 때문입니다.

놀이동산에 가면 탈 거리가 많습니다.

대부분은 짝수로 타게 만든 것입니다.

혼자라면 다른 쪽의 혼자가 나타날 때까지 커플보다 많은 시간을 기다려야 합니다.

혼자를 배려하는 사회가 아름답습니다.

하지만 배려는 혼자서는 불가능한 개념입니다.

배려는 하는 사람 중심이 아니라 받는 사람 중심이 되어야 하고

머리로 계산하는 것이 아니라 가슴으로 다가가야 합니다.

요즘에는 1인 식사족을 위한 식당이 존재하기도 합니다.

혼자 먹기는 단점만 있는 것이 아니어서

다른 사람과 먹거리에 대한 의견 조율이 필요 없고

남의 식사 시간을 맞출 필요 없이 나만의 음식 문화를 즐길 수 있으며

내가 먹은 것만 계산하니 손해나거나 부담스럽지 않을 수도 있습니다.

주변을 보면 기러기 아빠로 살아가거나

경제적 문제로 1인 가구를 형성하여 살아가는 사람이 많습니다.

어쩌면 행복은 가족 구성원들의 관계 속에서 생성되어 가는 것인데

행복을 뒤로 미루고 사는 분들에 대한 안타까움이 많습니다.

우리나라도 1인 가구가 30%가 넘을 것이라는 전망이 있습니다.

그러니 혼자라서 불편하지 않은 따뜻한 사회적 배려가 필요한 시점이 아닐까 하는 생각이 들었습니다.

자연의 가르침

미끄러운 경사면의 오류

"글을 못 읽는 사람은 아래 전화번호로 연락해 주세요."
이런 광고가 있습니다.
글을 읽지 못하는데 어떻게 광고 문구를 읽을 수 있을까요?
위 광고는 스스로 모순을 내포하고 있습니다.

논리 중에 '미끄러운 경사면의 오류'가 있습니다.
미끄럼틀 한 번도 타보지 않은 사람은 없을 것입니다.
미끄럼틀이라는 것이 한번 시작하면 중간에 멈출 수 없습니다.
싫든 좋든 끝까지 내려가야 끝이 나게 되어 있는 구조입니다.

거짓말도 그러합니다.
거짓말은 생태적으로 논리적, 상황적 모순을 내포하고 있습니다.
그것을 정당화시키려면 또 다른 거짓말을 만들어야 하고
그 과정이 길어지면 돌이킬 수 없는 지경에 이르게 됩니다.

정치를 보면 이 상황은 더 심각해집니다.
그럴싸한 공약이 말도 안 되는 주장임이 밝혀졌는데도
그는 중간에서 멈출 수 없습니다.
미끄러운 경사면 위에 서 있기 때문이지요.

작금의 교과서 국정화를 보아도 그렇습니다.

저는 여당이나 야당이니 하는 것에 큰 신경을 쓰지 않습니다.

차기 대통령이 누가 될 것인가도 관심이 없긴 마찬가지이지요.

교육이 정치적 중립이 되어야 한다는 명제 속에서 비교적 자유롭습니다.

누구든 판단을 잘못할 수 있는 것이며 무결성을 담보하는 결정은 없습니다.

다만 잘못된 결정이라고 판단되면 더 멀리 가기 전에 돌아올 수 있어야 합니다.

체면과 위신 때문에 할 수 없이 진행해야 하는 것은
너무 무책임하고 가혹한 것이지요.

저는 우리 아이들이 자유롭고 정의로운 대한민국에서 자라나기를 바랍니다.

올바른 눈으로 역사를 보고, 어떤 것이 진실인지를 판단할 수 있는 나라에서 성장하기를 바랍니다.

좌편향이든 우경화든 다양한 시각 속에서 만들어진 역사적 견해가
공고한 나라를 만드는 초석이 됩니다.

널리 보아야 정확히 볼 수 있으며 또한 멀리 볼 수도 있는 것입니다.

흔들림

사랑은 시간을 가게 만들고,
시간은 사랑을 가게 만든다는 속담이 있습니다.

사랑은 마약과 같아서 중독성이 있으며
도파민이나 엔도르핀과 같은 호르몬의 작용에 의하여
행복감 및 황홀감을 느끼게 되고
좋을 때는 시간이 어떻게 흘러가는지 모릅니다.

사랑의 유효기간은 최장 3년이라고 합니다.
그렇게 원하고 좋았던 사이도
시간이 지날수록 처음에 먹었던 애틋한 마음이 식어갑니다.
눈의 콩깍지가 떨어지고 나면 점차 안 보이던 단점들이 나타나게 마련이고
시간 속에서 사랑을 보내게 되는 순환 고리를 갖게 됩니다.

그리고 가장 적합한 상대라고 판단되면
결혼이라는 것을 하게 되지요.
어쩌면 지구 상에 사는 동물 중에서 결혼이라는 것은 인간이라는 종에
만 국한된 것입니다.
다른 동물들은 자연이 이끄는 대로

짝짓기하고 싶을 때 하고 하기 싫으면 하지 않으면 그뿐인 것이지요.

짝짓기 상대를 고르는 것도 제도나 도덕, 관습이나 법률이 관여하지 않습니다.

오직 인간만 수많은 짝짓기 상대를 단념한 채

결혼한 한 사람만을 대상으로 짝짓기해야 하고

그것을 유지하기 위하여 여러 가지 제도와 법률이 동원됩니다.

태초의 인류는 어떻게 살았을까요?

수렵 생활에서는 자본의 잉여가 발생하기 어려웠고 잡은 것을 공유하는

원시적 공산 시대였을 것입니다.

군집 생활을 하다 보니 아빠가 누구인지 정확하지 않습니다.

하지만 엄마는 정확히 알 수 있는 일이어서 자연스럽게 모계중심사회가 됩니다.

농사의 기술이 개발되니 산물의 잉여가 발생합니다.

많이 가진 쪽과 그러지 못한 쪽이 나누어지지요.

어쩌면 많이 가진 쪽이 여자를 더 많이 소유했을 가능성이 높습니다.

남녀의 비율이 비슷한데 특권층이 많은 여자를 소유하면

소유하지 못한 사람들끼리 단합하여 특권층에게 도전하게 되고

사회는 늘 불안에 싸일 수밖에 없습니다.

남자는 늘 수컷 본능이 있기 때문에 본능을 억제하고 살기는 불가능한 것이니까요.

그래서 원원으로 일부일처제라는 제도를 만듭니다.

그런데 많은 사람들이 그 제도 안에서 불행을 느끼는 것도 사실입니다.
사랑의 유효기간이 고작 3년인데 4, 50년을 함께 살아야 하니까요.
그래서 다른 상대에게 마음을 주기도 합니다.

결혼하고 다른 이성에게 마음을 빼앗긴 적이 한 번도 없었다고 한다면
그는 마음이 불구자이거나 거짓말쟁이일 가능성이 높습니다.
세상에 흔들리지 않는 인생은 없으니까요.

꽃도 흔들리면서 피어납니다.
중요한 것은 흔들려도 꺾여서는 안 된다는 사실이지요.
그러면 더 이상 꽃으로 기능할 수 없습니다.
모진 풍파에 흔들려도 중심을 제대로 잡을 때 우아함이 존재하는 것이
고 튼실한 열매를 맺는 것이니까요.

조조에게서 배우기

세상을 살면서 삼국지 한 번 읽어보지 않은 사람은 없을 겁니다.

삼국지를 읽으면 나관중이라는 사람의 시선을 통하여 세상을 바라보게 됩니다.

소설은 선과 악의 대결 구도를 잡아야 재미가 있습니다.

그리고 악을 더 악스럽게 만들고, 선을 더 선스럽게 만들어

나중에 선이 악을 이길 때 카타르시스의 희열을 느끼게 만드는 것이지요.

그래서 역사와 소설은 구분되어야 하는 것입니다.

어쩌면 선의 대표주자인 유비보다도 악의 선두 주자인 조조가 더 뛰어난 사람일 수 있습니다.

결국 삼국을 통일한 것은 조조의 위나라였으니까요.

그는 자기의 실수를 인정하는 지도자였습니다.

한번은 조조가 오환정벌을 계획하자,

수많은 대신은 오환정벌의 무모함을 말렸으나 그는 원정에 나섰습니다.

천신만고 끝에 승리를 거둔 조조는 성으로 돌아와

정벌을 말렸던 사람들의 명단을 작성하도록 지시했지요.

신하들은 겁에 질렸습니다.

자연의 가르침

조조는 말합니다.

"간신히 승리를 거두었지만, 결코 올바른 결정이 아니었소,
만류하는 신하들이 있었기에 더욱 치밀하게 계획을 세우고
준비해서 승리할 수 있었소. 그들에게 상을 내리려고 하오."

그리고 조조는 인재를 등용할 때 능력을 중요시했고
사람을 사용하면 끝까지 신뢰했습니다.
진림이라는 사람은 원소의 모사로 있던 사람입니다.
그는 조조의 3대를 매도한 격문을 쓴 것으로 유명하지요.
하지만 훗날 자기를 비난한 진림을 비서로 채용합니다.

또한 조조는 실수에 관대하였습니다.
능력이란 하루아침에 만들어지지 않습니다.
인재 또한 오랫동안 실천적 경험 속에서 완성되는 것이지요.
실수는 순간이지만 인재 육성은 오랜 세월이 걸린다는 것을 그는 알고
있었기 때문입니다.

그리고 조조는 왕으로서 백성을 생각하는 훌륭한 지도자였습니다.
그가 군대를 일으킨 이유는 한나라가 부정부패로 가득하고
썩은 성불구자(환관)들이 나라를 어지럽혔기 때문입니다.
그는 둔전제를 시행하여 백성들을 굶주림에서 해방합니다.

완벽한 사람은 없는 것이니 누구든 잘못을 할 수 있습니다. 그러나 자기
의 잘못을 인정하고 스스로 바로잡는 것은 쉬운 일이 아닙니다.

누구나 부하를 믿는다고 말할 수는 있습니다.

그러나 자기 반대편에 있는 사람을 신뢰로 무장시켜 내 사람을 만드는 것은 쉬운 일이 아닙니다.

전쟁을 통해 권력을 잡는 것도 어려운 일이지만

잡은 권력 속에서 백성들의 삶을 헤아리며 올바른 정치를 하는 것은 더 어려운 일입니다.

그러니 나관중의 삼국지연의만 읽어서는 안 됩니다.

진수의 삼국지도 읽어야 하는 것이고

삼국지 정사도 읽어야 합니다.

참고하는 서적이 많을수록 역사적 사실은 진실에 가깝게 해석되기 때문입니다.

맹사성의 일화

조선 세종 때 우의정을 거쳐 좌의정까지 지낸 맹사성의 일화입니다.

당대의 수재였던 그는 19세에 장원급제하여 스무 살에 경기도 파주 군수가 됩니다. 그는 기고만장하여 고승을 찾아갑니다.

그러고는 묻지요.

자연의 가르침

"스님이 생각하기에 군수로서 지표로 삼아야 할 좌우명에 어떤 것이 있습니까?" 고승이 천천히 대답합니다.

"나쁜 일 하지 말고 착한 일을 하면 됩니다."

"그건 삼척동자도 다 아는 사실 아닙니까? 먼 길을 온 내게 해줄 말이 고작 그것뿐입니까?"

맹사상은 거만하게 말하며 자리에서 일어나려 했습니다.

그러자 고승은 녹차나 한잔하고 가라며 붙잡았지요.

스님은 찻잔이 넘치는데도 계속 찻물을 들이부었습니다.

"스님 찻물이 넘쳐 방바닥을 망칩니다."

"찻잔이 넘쳐 바닥을 적시는 것은 아시면서 지식이 넘쳐 인품을 망치는 것은 어찌 모르십니까?

당황한 맹사성은 부끄러움에 황급히 일어나 자리를 뜨려다

방문 상단에 머리를 부딪치고 맙니다. 그때 스님이 말씀하지요.

"고개를 숙이면 매사 부딪치는 법이 없지요."

그 이후로 맹사성은 겸손한 마음으로 선정을 베풀어 존경받는 인물이 되었다고 합니다.

겸손이란 나의 재능과 권위, 장점 등을 낮추거나 양보하여

상대를 이롭게 해 주는 영향력의 표현입니다.

그런데 그게 쉽지 않으니 문제입니다.

성공의 사다리를 올라갈수록 겸손은 멀어지게 마련이니 말입니다.

겸손은 영어로 Humility입니다. 어원은 Humus(흙)입니다.
낮은 땅의 위치에서 남을 섬겨야 겸손이라는 말씀이지요.

겸손을 잘 실천하고 있는 대표적인 분이 프란체스코 교황입니다.
그는 세계 가톨릭의 최고 권좌에 있으면서도
구내식당에서 줄을 서서 밥을 먹고
관저를 마다하고 아파트에서 기거하며
우리나라 국빈 방문 시에도 중형차를 마다하고 경차로 순례를 합니다.
그런데 그의 그런 겸손이 인격을 해처럼 빛나게 합니다.

성어에 욕존선겸(欲尊先謙)이라는 말씀이 있습니다.
"남에게 존경을 받고자 하면, 먼저 겸손하라."는 의미이지요.

들꽃 이야기

세상에 이름 없는 생명은 없다고 하는데
저도 이름이 없는 것은 아니랍니다.
하지만 세상에 은일로 숨겨져 있고
워낙 다양한 것들이 비슷하게 존재하여
사람들의 인식 속엔 저의 이름이 들어있지 않을 뿐이지요.

자연의 가르침

우연을 가장한 만남이 이루어진 연후에야 "참 이런 곳에 예쁘게 피었네…!"
칭찬 한마디가 전부이지요. 그리고 바로 망각의 세월 너머로 잊힙니다.

제가 세상에 태어나 최선을 다해 꽃을 피워 올린 이유는
나만이 갖고 있는 형질을 후대에 오롯이 전해주기 위한 것이기에
누가 알아주거나 그렇지 않거나 하는 것은 중요한 것이 아닙니다.

사람의 손길 속에서 크는 식물에겐 순수함이란 가치를
인간 스스로가 잘 부여하지 않습니다.
그저 심산유곡에 청초하게 피어나 인간의 손길마저 닿지 않을 때
사람들은 순수하다고 표현하지요.
그리고 때 묻지 않았다고 말합니다.
사람들은 참 이상하지요? 그들이 손길을 스스로 폄훼하고
손때 묻은 것이라 나무라면서
세상과 무관하게 살아온 들꽃을 찬양하는 것을 보면 말입니다.
어쩌면 순수라는 것은 몇몇 시인과 작가의 눈에 발견되는 것보다
뭇 대중들의 발걸음 속에서 희석되어 가는 관념일는지 모릅니다.
그리고 흔한 것에 대한 가치의 평가절하 과정을 겪게 되지요.

세상엔 쓸모없는 것은 없는 것 같아요.
저와 같은 미물들도 오가는 행인에게 기쁨을 주니까요.
사람이 참으로 귀하고 소중하다는 것을
사람만 모르고 있는 것 같아 오히려 제가 안타까울 때가 더 많으니 말입
니다.

어떤 것이 현명할까요?

"아이는 우리의 미래이다."라는 표현을 참 많이 듣습니다.

아이가 국어 점수를 100점 맞아 왔습니다.

문제는 수학을 30점 맞은 것이지요.

여러분이 이 아이의 부모라면 어느 학원을 보낼까요?

당연히 수학 학원을 보낼 것입니다.

남들보다 못한 것을 채워서 남과 같이 만들기 위함이지요.

하지만 뒤집어 생각해 보면

국어가 특출한 아이는 그쪽 방면의 재능을 더 키워주어야 합니다.

그가 가진 잠재력을 일깨워주어야 하고,

문학적인 감성도 키워주어야 하며,

잘하는 방면에서 선두 주자가 될 수 있도록 힘을 실어주어야 합니다.

아이의 재능을 더 발휘할 수 있는 방면으로 이끌어주는 것이

더 현명한 결정이 아닌가 하는 생각이 들었습니다.

평범과 비범은 전문성을 갖추고 있는가의 차이로 규정됩니다.

꿈만 꾸는 것으로는 행복에 도달할 수 없습니다.

자연의 가르침

그 꿈을 이루기 위한 전문적인 도전이 필요한 것이지요.

그리스신화에 보면 악당 다마스테스는 행인을 잡아
침대에 눕히고 키가 크면 잘라내고 작으면 늘여서 죽였다고 합니다.
큰 것과 작은 것을 인정하지 아니하고 모두 같은 것으로 만들고자 하는
모양이 마치 우리의 교육을 닮아 있는 것 같아서 말입니다.

남들과 같아지기를 희구하기보다는 남과의 차별성 속에서
자기가 잘할 수 있는 것을 할 수 있을 때
사회는 건강해지고 개인은 행복해지는 것이 아닐까 하는 생각이 들었습
니다.

잘 살고 있습니까?

우린 '잘'의 개념에 가끔 홀리는 경우가 있습니다.
"저 사람은 술을 잘 마셔!"란 표현은
술을 많이 마시는 것이 잘 마시는 것인지
적당히 먹어 취중에라도 실수하지 않는 것이 잘 마시는 것인지
경계가 모호합니다.
어제 하루를 잘 살았나요?

출근길에 붉은 점퍼에 배낭을 멘 등산객을 보았습니다.
저 사람은 무슨 팔자가 늘어져 출근도 안 하고 취미생활을 할까?
부러운 마음이 든 것도 사실입니다.

그런데 어찌 보면 우리가 눈에 보는 것이 다는 아닐 수도 있습니다.
그는 건강을 잃어 투병의 하나로 어쩔 수 없이 산에 오르는 것일 수도 있고
실직하여 마땅히 갈 곳이 없는 처절함이 있을 수도 있습니다.
물론 팔자가 좋아 취미생활을 즐기는 것일 수도 있겠지요.
하여튼 보이는 것이 전부는 아닙니다.

잘 사는 것이란 어떤 것일까요?
돈을 많이 벌어 보란 듯이 사는 것도 잘 사는 것일 수 있겠지요.
나이가 들어갈수록 돈은 정말 필요한 것이지만
돈 때문에 불행해지는 사람도 있으니 꼭 그러한 것만은 아닙니다.
세상을 다 가질 듯이 욕심을 부려 재산을 불려 놓고
쓰지도 못하고 자식들에게 분쟁만 남기고 세상을 등지는 사람도 많습니다.

우리는 잘 살아야 합니다.
잘 사는 것은 기쁨과 행복이 있는 삶입니다.
가끔은 하는 일이 힘들어 삶의 질곡에 허우적댈 때도 있을 겁니다.
세상이 나만 미워하는 것 같고, 하늘이 나에게만 불공평한 처사를 하는
것 같은 느낌이 들 때도 있을 겁니다.
그러나 주변을 둘러보면 근심 하나 없이 살고 있는 사람은 없습니다.
잘 살려면 마음이 잔잔해야 합니다.

그리고 눈이 오면 오는 눈을 맞으며 기쁨에 젖고
낙엽이 지면 낙엽을 보면서 행복에 잠기며
옆에 더불어 있는 사람과 잔잔히 미소 띤 삶을 살아가야 합니다.

인생의 행복은 남과 비교하여 잘 난 것에 있지 않습니다.
호화로운 집에 큰 자동차에 있는 것도 아니지요.
그건 순간순간 기쁨과 즐거움을 느끼는 것에 있는 것입니다.

한 가지만 잘 간직해도 잘 살 수 있습니다.
그건 현재의 행복을 유보하지 않는 마음이지요.

오늘도 잘 살고 있습니까?

발걸음

암스트롱이 달에 첫발을 내디뎠을 때의 감동과
우리가 아침에 침대에서 일어나 하루를 시작하면서 첫발을 내디뎠을 때
의 감동은 다를 수 있습니다.
하지만 모두의 삶이 한 발 한 발 내딛는 걸음으로 이루어져 있다는 것은
같습니다.

누구도 대신할 수 없는 순수한 자신의 영역인 이 걸음이

인생을 가꾸어가는 것이니 참으로 중요한 것이 아닐 수 없습니다.

아침에 눈을 떠 길 위에 섭니다. 그 길의 끝에 무엇이 있을는지는 지금
한걸음 한걸음에 달려 있는 것입니다.

올해 그래도 잘한 것이 있다면

우리나라 최고 높은 산 3개를 등정한 것입니다. (한라산, 지리산, 설악산)

높은 산을 오르려면 급하게 서둘러서는 안 됩니다.

천천히 그리고 꾸준히 발걸음을 옮겨야 하지요.

점점이 떨어지는 물이 주춧돌을 뚫습니다. (点滴穿石 점적천석)

가벼운 깃털이라도 가득 넘치게 실으면 배가 가라앉습니다. (積羽沈舟 적
우심주)

그리고 도끼를 갈아 바늘을 만들 수도 있지요. (磨斧作針 마부작침)

산을 오르면서 깨달은 것이 하나 있습니다.

어떤 일을 하든지 꾸준함이 필요하다는 사실이지요.

뚜벅뚜벅 황소걸음이 천 리를 갑니다.

중간에서 포기만 하지 않으면 말이지요.

오늘도 길 위에 서서 내딛는 한걸음이 얼마나 위대한 것인지를 생각합니다.

오늘 하루가 바로 일생이니까요.

거피취차(去彼取此)

삶은 언제나 선택과 버림의 연속입니다.

그러한 판단이 모여 세상을 이루고 인생을 이룹니다.

거피취차는 노자에 나오는 말씀입니다.

"저것을 버리고 이것을 취한다(去彼取此)"는 의미이지요.

즉 바람직한 것을 버리고 바라는 것을 취한다는 말로 요약할 수 있습니다.

노자는 약자의 편에 서서 세상을 바라봅니다.

그러면서 약자는 절대 약하지 않다는 것을 늘 강조하지요.

그리하여 상선약수(上善若水, 최고의 선은 물과 같다)를 주장하고

부드럽고 약한 것이 강함을 이긴다(以柔制強)고 역설하지요.

노자는 공자와 그 사상의 궤가 다릅니다.

공자는 극기복례(克己復礼, 자기를 극복하고 예를 따르는 것)를 강조합니다.

즉 사회적으로 인정받아야 하는 일, 규범적인 일을 해야 한다는 논리에

충실했지만

노자는 바라는 일, 좋아하는 일, 하고 싶은 일을 하라고 이야기합니다.

공자는 '우리'가 중요하다고 말하지만 노자는 '나'가 중요하다고 말합니다.

어찌 보면 사회적 규범이나 제도는 인위적입니다.

노자는 인위를 배격하고 자연으로 돌아가자는 무위자연(無爲自然)을 이야

기하지요.

　이때의 자연은 산이나 강, 물이나 나무와 같은 자연(Nature)이 아닙니다.
그것은 '스스로 그러하다.'라는 명제를 의미하지요.

　즉 무위자연은 어떤 일이건 억지로 하지 말고(인위를 가하지 말고)
자연스럽게 이루어지도록 두어야 한다는 의미입니다.

　오래전 비틀즈는 「Let it be」를 노래했습니다.
그것을 번역하면 "순리대로 하는 것."입니다.
즉 무위자연에 가까운 개념이지요.

　爲의 반대말이 無爲임에는 틀림이 없습니다.
즉 무위는 사물의 본성을 위배하는 행위를 하지 않음을 의미합니다.
　분재를 만들려고 나무를 이리저리 휘는 것이 爲라면 본성대로 자라게
두는 것은 無爲입니다.
　소나 말을 부리기 위하여 코뚜레와 멍에를 하는 것을 爲라고 한다면 그
들이 사는 방식대로 살도록 하는 것이 無爲입니다.

　연시를 만들고자 카바이드 가스를 쐬는 것이 爲라면 나무 꼭대기에서
자연스럽게 익어가게 두는 것이 無爲입니다.
　아이를 규격화된 학원으로 내모는 행위가 爲라면 자신이 하고 싶은 일
을 할 수 있도록 돕는 것이 無爲입니다.
　세상은 온통 욕망의 덫에 갇히고, 빠름을 구가하고 찬양하느라 정신
이 없습니다.

그러니 爲를 찬양하고 숭배하는 세상임에는 틀림없습니다.
하지만 그럴수록 조용히 본성을 돌아볼 수 있어야 합니다.
강제하지 않으면서 능력을 길러주는 無爲의 지혜가 필요한 것이지요.

불빛이 없으면 별이 쏟아집니다.

나 어릴 적엔 우리 동네엔 가로등이 없었습니다.
전기가 고2 때 들어왔으니 말입니다.

그 시절에는 달빛은 참으로 귀한 것이었습니다.
요즘 음력이 환영받지 못하는 이유는
생활 속에서 달빛을 잃어버렸기 때문일지 모릅니다.

보름의 휘영청한 달빛 아래 사물들이 어슴푸레하게
파스텔톤으로 다가올 때의 아련함은 정다움입니다.
그 풍경의 따스함이 나만의 비밀스러운 느낌으로 다가오곤 했지요.

그믐이 되면 칠흑 같은 세상이 됩니다.
좀 생활 형편이 나은 사람들은 랜턴을 사용했고
관솔불이나 병에 석유를 넣어 심지를 박고 병 불을 만들어 사용하기도 했습니다.

그런데 밤눈이 밝은 사람은
등불 하나 없는 시골길을 잘도 걸어 다녔습니다.
문제는 도시의 휘황한 불을 접하고 나면
누구든 어두운 밤길을 걷는 것이 쉽지 않다는 사실이지요.

하늘에 별을 보기가 참으로 힘든 세상입니다.
도시 전체가 밝아서 별빛이 희미해진 이유도 있지만
삶에 쫓겨 하늘을 보는 여유가 없어진 이유이기도 하지요.
도시에선
새벽에 등불이 하나둘 꺼지고
도로를 누비는 자동차들이 모두 잠들어야 별들이 하나둘 깨어납니다.

별빛은 단순히 아스라이 먼 항성에서 출발한 빛에 불과한 것일지 모릅니다.
하지만 어릴 적 툇마루에 누워 쏟아질 듯 영롱한 별빛을 보면서
상상의 나래를 펼치고 꿈을 생각했던 추억만큼은 소중한 것이지요.

별빛은 예나 지금이나 변함이 없건만
꿈을 먹고 자라던 소년은 이제 반백의 중년이 되었습니다.
별빛을 추억하고 그 시절이 그리운 이유는
그건 아마도 잃어버린 순수 때문일는지 모릅니다.

자연의 가르침

득어망전(得魚忘筌)

물고기를 잡은 뒤에는 통발을 잊습니다.
뗏목을 타고 강을 건넌 후에도
뗏목을 짊어지고 다니는 사람은 없습니다.
즉 강을 건너면 뗏목을 버려야 합니다.

같은 뜻으로 득토망제(得兎忘蹄)와 득의망언(得意忘言)이 있습니다.
토끼를 잡고 나면 올가미가 필요 없어지고
일단 뜻이 통하면 말(言)이 필요가 없다는 뜻이지요.
즉 개념에 얽매여 사고가 경직 되어서는 안 된다는 것입니다.

즉 근본적인 것을 파악하고 나면 지엽적인 것은 잊어도 좋다는 의미이지요.
위에서 망전(忘筌)이나 망제(忘蹄), 망언(忘言)은 모두 시비(是非), 선악(善惡)
을 초월한 절대 경지를 말하는 것입니다.

우리는 하루에 많은 시간을 말과 문자에 함몰되어 살아갑니다.
그런데 그 언어라는 것이 생각의 실마리이긴 하지만 방해물도 될 수 있
다는 것이지요.
허상에 얽매이지 말고 진실을 바라볼 수 있어야 합니다.
달을 가리키면 달을 봐야 할 것인데 손가락 끝만 봐서는 안 되는 것과

같은 이치이지요.

우리는 모르는 게 많습니다.

제대로 된 인과의 과정을 모르고

그냥 우리가 보는 대로,

생각하는 대로의 상황이 사실이라고 믿는 경향이 강합니다.

객관이라는 좋은 표현이 있지만 사실상 객관은 존재하지 않습니다.

자신이 겪은 경험치 속에서 세상은 천차만별로 해석되니까요.

사랑하는 사람이 그윽한 눈길과 따스한 손길로

마음을 전달하였다면 굳이 사랑한다는 말의 표현은 필요하지 않습니다.

고기잡이에 통발은 중요하지만, 거기에 얽매여서는 안 됩니다.

토끼 사냥에 올가미는 중요하지만, 그쪽에 함몰되어서도 안 되지요.

말도 그러합니다. 의미 전달만 잘 될 수 있다면 화려한 치장이나 지나친
수식은 필요치 않은 것입니다.

그런데 요즘 사회의 일각을 보면 말의 잔치가 넘쳐나고 있습니다.

말이 많을수록 진실이 눈을 감은 경우를 봅니다.

요란한 말보다 정직한 행동이 필요할 때이지요.

실부의린(失斧疑隣)

실부의린(失斧疑隣)이란 성어가 있습니다.

도끼를 잃어버리고 이웃을 의심한다는 말씀이지요.

함부로 남을 의심하는 것을 의미합니다.

어떤 사람이 도끼를 잃자 이웃집 아들이 훔쳐 갔을 것이라는 생각이 들었습니다.

그런 마음으로 아이를 보니 걸음걸이를 봐도 도끼를 훔친 것 같았고

안색을 봐도 도끼를 훔친 것 같았고,

말하는 것을 봐도 도끼를 훔친 것 같았습니다.

얼마 후에 그는 골짜기에서 잃어버린 도끼를 찾았습니다.

다음날 다시 이웃집 아이를 보니 행동거지가 조금도 의심스러운 데가 없었습니다.

도끼를 잃어버린 것은 자신의 실수에서 기인합니다.

그 원인을 외부에서 찾은 것이 문제이지요.

즉 잘못된 단서로 남을 의심하는 것을 경계하는 글입니다.

문단속이 허술한 집이 있습니다.

아들이 이야기하지요. "아버지 문단속을 잘해야 할 것 같아요."

그리고 이웃이 이야기합니다. "문단속을 잘해야 할 것 같은데요."

그날 밤, 도둑이 들어 집안의 재물을 몽땅 털어갔습니다.

주인은 아들의 지혜는 칭찬하였지만

이웃은 의심의 눈초리로 바라보기 시작했습니다.

이것은 모두 마음에서 기인하는 것입니다.

세상을 살아가면서 다른 사람을 신뢰할 수 있다는 것은 행복입니다.

사람을 신뢰하기 위해서는 오랜 시간이 걸립니다.

신뢰란 아주 천천히 자라는 식물과도 같기 때문입니다.

논어에는 이런 말씀이 나옵니다.

政者正也 足兵足食民信之矣

정치는 올바른 것이다.

따라서 강한 군대로 백성의 안전을 지켜야 하고

백성들을 배부르게 먹을 수 있도록 해주어야 하며

국민의 믿음과 신뢰를 얻어야 한다.

그중에 하나를 버리라면 무엇을 버리는 것이 옳습니까?

그건 兵(군대)이다.

그중에 또 하나를 버리라면 무엇을 버리는 것이 옳습니까?

그것 食(식량)이다. 백성들이 의식주를 해결하더라도 믿음이 없으면 나라는 존립할 수가 없다.

행복은 믿음 위에 기초합니다.
그래서 옛 선인들은 이야기하지요.
의인물용 용인물의(疑人勿用 用人勿疑)!

■(疑人勿用 用人勿疑): 사람을 의심하려거든 쓰지 말고
　　　　　　　　　　　사람을 썼으면 의심하지 말라.

초지일관(初志一貫)

우리 주변에 볼 수 있는 자연물 중에서 군자의 기품을 닮은 사물을 취해
사군자(매, 난, 국, 죽)라 이름하고 즐겨 그림의 소재로 삼았습니다.
그리고 순서대로 춘하추동의 대표주자로 인식하고 있지요.

심산유곡에 피어난 난초라고 하더라도
그 향기를 반기는 사람이 없다고 하여 향기를 멈추지 않으며
군자가 의로움을 행함에 있어
알아주는 이가 없다고 하여 이를 그만두지 않는다.
(회남자)

이 글의 주된 덕목은 '변함없음'입니다.

그리고 다른 말로 바꾸어 말하면 '한결같음'이지요.

다른 시각에서 보면 '처음처럼'이구요.

그것을 한문으로 옮기면 '초지일관'입니다.

어떤 사람이 있었습니다.

그는 77년 7월 7일 7시 7분 7초에 일어났습니다.

출근길에 택시를 탔는데 7777번이었답니다.

너무나 기분이 좋아 경마장에 가서 7번 말에 전 재산을 걸었습니다.

그런데 말입니다.

그 말이 7등으로 들어온 겁니다.

초지일관의 마음을 좋은 데 썼으면 얼마나 좋았을까요?

의지가 약해서 고민인가요?

누구든 작심삼일의 경지를 걷습니다.

우리가 작심할 때는 기분 좋고 즐거운 것을 하지 않습니다.

고생해야 하고, 시간을 투자해야 하고, 잠을 덜 자야 하고….

그런 고통을 수반할 때 작심하는 것이지요.

인간은 기본적으로 고통을 피하고자 하는 습성이 있습니다.

그러니 작심삼일은 누구나 겪는 일반적인 상황일 수 있습니다.

그러니 가끔 자신을 돌아보고 초심을 유지하는 사람을

존경의 눈으로 바라볼 수밖에요.

정신력이나 자신감은 하늘에서 뚝 떨어지는 것이 아닙니다.

자연의 가르침

긍정적 자기 최면으로 중단 없는 모습에서 얻어지는 것이지요.
고통 없는 승리나 땀 없는 성공은 없습니다.

지금 가는 길이 올바르다면 무쏘의 뿔처럼 묵묵히 가야 합니다.
처음 먹은 마음 그대로 말이지요.

음란을 부추기는 사회

지금의 세대는 어찌 보면 음란의 바다에 떠 있는 것 같은 생각이 듭니다.
옛날 VHS 방식의 비디오를 통해 성인물을 접하던 때는 고전이지요.
인터넷의 발달은 유비쿼터스 방식으로 손쉽게 음란물을 원하는 때와 장
소에 배달해 줍니다.
■유비쿼터스: 언제 어디서나 시간과 공간의 제약을 받지 않음.

더군다나 스마트폰의 등장으로 인하여 음란물의 휴대가 가능해졌고
채팅이나 앱을 통한 성매매 풍조가 만연해 있습니다.
게다가 성적으로 개방된 사회적 풍조를 타고 성 상품은 질적으로나 양적
으로 엄청난 산업으로 발달해 있습니다.
사랑은 없고 행위만 있는 왜곡된 성 상품들이
개인인증이나 성인인증의 절차 없이 무차별적으로 뿌려지는 것도 문제입

니다.

도처의 나이트클럽이나 노래방 각종 모임… 이름을 들먹이기도 낯 뜨거운 방… 방… 방들….
이렇듯 사회는 음란을 부추기고 불륜을 조장하고 있습니다.
개인적인 성적 취향이나 성의 자기 결정권을 폄훼하려는 뜻이 아닙니다.
쾌락을 추구하는 인간의 본성에 반하려는 의도도 아니지요.

공자(孔子)는 논어(論語)서 락이불음(樂而不淫)이라고 이야기합니다.
즐거워하면서도 음란하지 않는다는 의미이지요.

음(淫)은 본디 '물에 축축이 젖다 물이 넘치다.'는 뜻입니다.
여기에서 '음란하다. 도리에 어긋나다. 어지럽히다. 방탕하다.' 등의 뜻으로 전이되었고
대부분 감정과 욕망을 절제하지 못하는 모습을 의미하게 되었습니다.

락이불음은 감정을 절제하는 아름다움의 추구를 이야기하는 것이지요.
과유불급(過猶不及)이라고 했습니다.
많은 사람들이 지나침은 모자람만 못하다고 인식하고 있지만
지나친 것과 모자란 것은 같은 것으로 모두 옳지 않음을 의미합니다.

사회의 발전 방향과 섹스어필한 세상의 물줄기를
누군들 막을 수 있겠습니까마는 본인의 즐거움이 상대방에게 해가 되지 않는 사회가 되었으면 좋겠습니다.

　　　　　자연의 가르침

제4장

내면의 눈

게임공화국

여러분들의 자녀나 주변의 아이들은 게임에 얼마나 몰두하고 있습니까?
우리 어렸을 적에는 골목마다 해거름에 이르기까지
술래잡기며 사방놀이, 자치기, 딱지치기, 구슬치기….
혼자서는 할 수 없는 놀이문화에 푹 젖어 살아온 세월이 있었습니다.

요즘에는 둥지족이라고 해서 방에서 혼자 인터넷 게임에 몰두하고 있는
아이들이 넘쳐나는 것이 문제입니다.
게임은 굴뚝 없는 산업이라는 핑계로 발전을 거듭해 왔습니다.
그런데 이것이 청소년들을 병들게 하는 마약과도 같으니 문제이지요.

그 어느 시대에서도 우리 세대처럼 청소년들의 절반 이상을 게임 중독에
빠지게 하면서도
그 심각성을 인지하지 못하는 시대는 없었던 것 같습니다.

아이들이 몰두하고 있는 게임을 주의 깊게 들여다본 적이 있나요?
그냥 습관적으로 "이제 컴퓨터 그만하고 공부 좀 해라."라고 앵무새처럼
말만 되풀이하지 않았나요?
아이들이 가장 많이 하는 인터넷 게임을 들여다보면
주먹이나 칼, 그리고 총을 이용하여 상대방을 죽이는 게임이 80%에 이

릅니다.

즉 아이들이 컴퓨터 앞에 앉아서 상대방을 죽이고 베고, 피를 보면서
쾌감과 스릴을 맛보고 있는 것이지요.

요즘 아이들에게서 충동조절장애를 발견하는 것은 어려운 일이 아닙니다.
자신도 모르게 험한 말을 너무나 쉽게 하고
별일도 아닌 것에 폭력을 사용합니다.
'묻지마살인'이 늘어나고 있고, 사고의 과정을 생략한 충동적인 일들이
넘쳐납니다.

코스모스의 저자 칼 세이건은 이런 말을 남겼습니다.
"지구인들은 이 우주 공간에서 자녀들에게 살상을 가르치고, 음란을 부
추기는 유일한 종족이다."

아이들을 진정 아끼고 사랑한다면 그들이 무엇을 하고 있는지 정확히 알
필요가 있습니다.
그리고 게임에 빠져 날밤을 새우거나,
현실과 가상을 혼동하는 아이가 생기지 않도록 관심을 가져야 하지요.

나이가 들면 원하든 그렇지 않든 간에 우리의 인생을 그들이 손에 맡겨
야 할 때가 올 것이고
그 시대를 미리 준비하지 않으면 불행의 나락으로 떨어질 수도 있기 때문
입니다.
게임은 절대 악으로 볼 수는 없겠지만

귀한 시간을 빼앗긴다는 건 엄연한 사실일 겁니다.

독서와 사색하는 시간을 빼앗기고

주변과 즐겁게 대화하는 시간을 빼앗기고

아름다운 자연을 감상하는 시간을 빼앗깁니다.

지하철과 버스에서 책을 보는 사람이 참 귀합니다.

인생을 풍요롭게 하고 사회의 정의가 실현되려면 인문학 책 읽기가 동반

되어야 합니다.

언제까지 게임 앞에서 시간을 허비하고 인생을 탕진할 것인지

스스로에게 묻지 않을 수 없습니다.

점집을 찾는 심리

신사참배라는 말을 들어보셨을 겁니다.

일제강점기 때 일본 천황이나 자신의 신을 섬기라는 의미로서

신사참배가 강요됐고, 또한 일본 총리의 야스쿠니 신사 참배로

온 세상이 들썩이니 우리에게 신사란 타파해야 할 그 무엇으로 인식된

것은 틀림이 없습니다.

일본은 외래 종교가 잘 뿌리를 내리지 못합니다.

토착 종교가 워낙 강하기 때문이지요.

얼마 있으면 성탄절이 다가오고 대부분의 나라는 하루를 쉬지만

일본 달력에는 성탄절이 휴일이 아닙니다.

그만큼 외래 종교의 무풍지대라는 것을 의미하지요.

일본에서 온갖 토착 잡신을 모셔 놓은 것이 오늘날의 신사입니다.

그리고 일본인들은 우리가 소풍 가듯이 신사를 들락거리지요.

신사에 가면 나뭇가지에 흰 종이를 묶어 놓아 펄럭이는 것을 볼 수 있습니다. 그것은 오미쿠지로서 운세를 점치는 것이지요.

대부분 사람은 점이 흉하게 나오면

길한 것이 나올 때까지 뽑기를 지속합니다.

그러니 절대 신앙에서 오는 길흉이 아니라 자신을 위로 삼기 위함이 더 크다는 것을 알 수 있습니다.

새해가 다가오면 많은 사람들이 점집을 찾습니다.

왜 사람들은 자신의 운명이나 결정을 잘 알지도 못하는 남에게 구하려는 것일까요?

어쩌면 그것은 정신적 위안을 위한 것일는지 모릅니다.

어떤 이는 원하는 답이 나올 때까지 점집을 전전하는 경우도 있으니 말입니다.

결혼을 앞둔 처녀가 점집으로 갑니다. 그리고 다짜고짜 묻지요.

"이 남자랑 결혼해도 될까요?"

점술가는 그 남자의 일면식도 모르는 사람입니다.

어떤 과정을 거쳐 만나고 연애하고 사랑하는지 알 길도 없지요.

고작 몇만 원에 아주 짧은 시간의 대화를 통한 결론에

인생을 맡긴다고 하는 것이 말도 안 되는 이상한 일임에도

수용적으로 고민하고 애쓰는 사람이 많다는 것은 아이러니한 일입니다.

인생은 자신이 살아가는 것입니다.

그리고 순간순간 판단의 결과 또한 자신의 몫이지요.

내년에는 점집보다 좀 더 깊은 사색을 통한 최선의 결정으로

멋진 인생을 살아가시길 기원합니다.

순간을 미루면 인생이 미뤄집니다.

우린 여러 가지 이유를 핑계로 보류하는 삶을 살고 있을 가능성이 큽니다.

직장을 다니며 열심히 일을 하고, 배우자를 만나 가정을 이루고 사는

지극히 평범한 삶 뒤에는 행복이 자리하고 있습니다.

즉 행복하기 위하여 오늘을 살아가는 것이지요.

그런데 바쁘다는 이유로 행복을 미루고 행복하지 않은 일을 하는 경우가

참 많습니다. 뒤집어보면 주객이 전도된 것이지요.

행복은 무지개나 신기루가 아닙니다. 잡을 수 없는 대상이 아니라 순간
순간 느낄 수 있는 고도의 충만감이지요.

세모입니다.

거리는 크리스마스 캐럴이 점령해 버렸고

구세군 자선냄비 소리가 그동안 불우한 이웃을 외면하고 살아왔던 삶을
질타합니다. 연말이 되면 스스로 지난 세월을 돌아보게 됩니다.

연초에 계획했던 일들을 이런저런 핑계로 미뤄온 것은 없는지

한 번쯤은 돌아볼 필요가 있습니다.

순간을 미루면 인생이 미뤄지기 때문입니다.

하 심(下心)

배가 항구를 떠납니다.

철판과 각종 구조물로 이루어진 배는 스스로 부력을 유지할 때 배로서
기능할 수 있습니다.

그러려면 무게의 중심이 아래쪽에 있어야 합니다.

무게의 중심이 아래로 내려갈수록 안정성은 높아지고

위로 갈수록 안정성이 낮아집니다.

안정성을 담보할 수 없으면 작은 파도에도 복원력을 잃고 난파될 가능성

이 높습니다.

우리네 세상살이도 마찬가지입니다.
자신의 위치를 겸손하게 하고 아래에 처신하게 될 때
안정감 있는 사회생활을 할 수 있습니다.
그것을 굳이 한문으로 옮기자면 下心이라고 할 수 있겠네요.

미국의 대재벌인 카네기의 묘비에는 이렇게 쓰여 있습니다.
"자기보다 훌륭하고 자기보다 덕이 높고
자기보다 공부를 많이 하고 자기보다 잘난 사람.
그런 사람들을 자기 곁에 모아둘 줄 아는 사람 여기 잠들다."
세상에서 그렇게 큰 부와 업적을 이루었는데도
그는 하심을 유지하며 낮은 위치에 처합니다.

이순신의 난중일기의 일부분입니다.
강해소이능위백곡왕자 이기선하지(江海所以能為百谷王者 以其善下之)
시이욕상민 필이언하지(是以欲上民 必以言下之)
욕선민 필이신후지(欲先民 必以身後之)

"강과 바다가 모든 계곡의 왕인 것은 아래에 처하기를 좋아하기 때문이다.
그런 까닭에 백성들 위에 서려고 하면 반드시 말을 낮추어야 하고
백성들 앞에 서려고 하면 반드시 몸을 뒤에 두어야 한다."

그가 존경받는 이유는 해전에서 무패의 전력으로 나라를 구했기 때문이

기도 하겠지만

　높은 식견과 탁월한 문장력, 그리고 겸손으로 무장한 애민 의식이 있었기 때문일 것입니다.

　그래서 노자(老子)는 상선약수(上善若水)를 이야기합니다.

　만물을 이롭게 하면서도 낮은 곳으로 낮은 곳으로 처하는 물의 진정성을 닮아야 한다는 말씀이지요.

　노자에 나오는 문구로 글을 마무리합니다.

　貴以賤為本 高以下為基(귀이천위본 고이하위기)

　不欲琭琭如玉 珞珞如石(불욕록록여옥 락락여석)

　"귀한 것은 천한 것으로써 근본을 삼고,

　높은 것은 낮은 것으로써 기초를 삼는다.

　그러니 아름다운 구슬처럼 되려 하지 말고, 볼품없는 돌과 같이 되고자 하라."

요즘 젊은이들은 버릇이 없다.

지금으로부터 약 2,300년 전에 살다 간 한비자의 오두(五蠹)에 나오는 이야기입니다.

"지금 덜떨어진 젊은 녀석이 있어 부모가 화를 내도 고치지 않고,
동네 사람들이 욕해도 움직이지 않고,
스승이 가르쳐도 변할 줄을 모른다.
이처럼 부모의 사랑, 동네 사람들의 행실, 스승의 지혜라는
세 가지 도움이 더해져도 끝내 미동도 하지 않아,
그 정강이에 난 한 가닥 털조차도 바뀌지 않는 것이다."
젊은이의 버릇없음을 꼬집는 글입니다.

기원전 1700년경의 수메르 점토판에는 다음과 같은 글이 있지요.
어디에 갔다 왔느냐?
아무 데도 안 갔습니다.
도대체 왜 학교를 안 가고 빈둥거리고 있느냐? 제발 철 좀 들어라.
왜 그렇게 버릇이 없느냐? 너의 선생님에게 존경심을 표하고
항상 인사를 드려라.
왜 수업이 끝나면 집으로 오지 않고 밖을 배회하느냐?
수업이 끝나면 집으로 오거라.

내가 다른 아이들처럼 땔감을 잘라 오게 하였느냐?

내가 다른 아이들처럼 쟁기질하게 하고 나를 부양하라고 하였느냐?

도대체 왜 글공부하지 않는 것이냐?

자식이 아비의 직업을 물려받는 것은 엔릴 신께서 인간에게 내려주신 운명이다.

글을 열심히 배워야 서기관의 직업을 물려받을 수 있다.

모름지기 모든 기예 중 최고의 기예는 글을 아는 것이다.

글을 알아야만 지식을 받고 지식을 전해줄 수 있는 것이다.

너의 형을 본받고 너의 동생을 본받아라.

이 또한 젊은이의 버릇없음을 질타하는 글이지요.

또한 기원전 400년을 살다간 소크라테스도 이런 말을 남기지요.

"요즘 아이들은 버릇이 없다. 부모에게 대들고,

음식을 게걸스럽게 먹고, 스승에게도 대든다."

예나 지금이나 젊은이들은 버릇이 없었나 봅니다.

그리고 보면 기성세대들이 어떤 잣대를 가지고 있느냐 하는 것도 돌이켜 보아야 합니다.

'청소년들이 행복하려면 어떻게 해야 할까요?'

어쩌면 청소년의 불행 이유는 청소년보다는 부모님의 인식에서 찾을 수 있습니다.

엄마는 아이들의 미래를 불안해하여 끊임없이 높은 성적을 요구합니다.

아빠는 돈을 벌어다 준다는 이유로 아이들의 말에 귀 기울이기보다는

내면의 눈

훈계로 일관하는 경우가 많다는 것이지요.

그러니 OECD 국가에서 잘나간다는 우리가 교육의 본질을 놓고 보면
부끄러운 이유이기도 하고
교육 선진국에서는 꼴찌도 행복한 나라라고 하는데
우린 1등도 불행한 나라라고 이야기하니 말입니다.

심심치 않게 청소년의 자살 소식을 듣습니다.
그 내막을 들여다보면 공부 못하는 아이는 절대로 자살하지 않습니다.
상위권 아이들이 압박과 스트레스에 못 이겨 잘못된 선택을 하는 것이지요.

요즘 기성세대들은 젊었을 때 다 범생이었을까요?
요즘 엄마 아빠들은 학창시절에 모두 전국 상위권의 성적에 서연고를 나
왔을까요?
(서연고: 서울대, 연세대, 고려대.)

나의 행복을 위하여 아이들에게 불행을 강요하고 있는 것은 아닌지
반성적 시각을 통하여 돌아볼 수 있어야 합니다.
아무리 젊은이들이 버릇이 없더라도 그들이 우리의 미래임은
틀림없는 사실이기 때문입니다.

사람의 향기

병을 모아 놓아서 가장 예쁜 종류는 아마도 향수일 것입니다.

향수는 몸을 청결히 하거나 체취를 없애고자 사용하기 시작했다고 합니다.

또 어떤 귀족이 게을러 몸을 씻지 않아 나는 악취를 중화하기 위하여

사용했다고 전하기도 하지요.

어찌 되었든 향기는 맡아서 기분이 좋아지는 특징이 있는 물질입니다.

세상에는 참 다양한 향기가 존재합니다.

꽃향기, 풀 향기, 커피 향기, 은은한 차의 향기……

자연의 향기도 있고 인공적 향기도 있습니다.

사람도 그 사람만이 가지고 있는 독특한 향기가 있습니다.

그 향기는 세월이 지나면서 명성이 되기도 합니다.

사람의 향기는 향수처럼 쉽게 만들어지는 것이 아닙니다.

훌륭한 인품에 세월의 깊이를 더할 때 자연스럽게 만들어지는 것이지요.

인품의 향기는 사랑하는 마음과 같아서 숨길 수가 없습니다.

또한 덕향만리(德香万里)라는 말씀처럼 멀리 가고

꾸미지 않아도 오래도록 남습니다.

우리에겐 어떤 향기가 날까요?

장미처럼 화려한 꽃도 좋지만 소박하지만, 자연스러운 들꽃이 더 좋습니다.
진한 향기를 발산하는 꽃도 좋지만, 은은한 향기가 오래 지속되는 꽃이
더 좋습니다.

봄과 여름을 인내한 꽃은 잠시 피었다가 지지만
훌륭한 인격, 아름다운 언어, 올바른 행동으로 일구어낸 인품의 향기는
사람들의 가슴에 오래도록 남습니다.
당신은 지금 어떤 향기를 발산하고 있나요?

■덕향만리(德香万里): 덕의 향기는 만 리를 감

빈 들에선 허수아비

저의 30년 교직의 1/5은 철원에 묻혀 있습니다.
너른 들녘을 지키기에는 허수아비만큼 좋은 것은 없어서
해마다 가을이 되면 허수아비 축제를 하곤 했습니다.

군탄리 뒷길에 도로를 따라 죽 세워 놓은 허수아비는
낮에는 그 익살스러움이 좋았지만
밤이 되면 희미한 가로등 사이로 울긋불긋한 사람의 형상이
여간 무서운 것이 아니었습니다.

요즘엔 허수아비를 보는 것이 쉽지 않습니다.
지나친 농약의 사용으로 유해 조수가 많지 않은 이유기도 하거니와
진화한 새들이 더 이상 허수아비를 무서워하지 않는 이유도 있겠지요.
그리고 허수아비 대용품들의 우수함도 한몫했을 것입니다.

빈들에 선 허수아비를 봅니다.
왠지 그 쓰임새를 다 한 이후에 잊힌 것처럼 쓸쓸함이 있습니다.
하로동선(夏爐冬扇)이라는 성어가 있지요.
여름의 화로와 겨울의 부채를 의미합니다.
한때는 요긴하게 쓰였지만, 세월감 속에서 용도를 잃은 것을 뜻하지요.

내면의 눈

모든 것이 떠난 빈 들에 있는 허수아비는 외로움의 상징입니다.

들판이 넓을수록 그 외로움은 더 깊어지지요.

찬 서리 내리고 갈 까마귀 우짖는 한겨울

빈 들판을 지키는 허수아비를 봅니다.

외로움이란 혼자라서 외로운 것이 아니고

누군가를 사랑하기 때문에 외로운 것이란 말씀이 있습니다.

빈들의 허수아비처럼 추운 겨울입니다.

하지만 따뜻한 사랑으로 고난의 세월을 이겨내기 바랍니다.

플라스틱 병으로 덮인 미래

가끔 아내와 마트에 장을 보러 갑니다.
생수뿐만 아니라 음료수, 주류 등 판매 가능한 액체 용기류에는
어김없이 플라스틱병이 사용되고 있습니다.

지구상에는 매년 500억 병의 플라스틱병이 생산되고 소비됩니다.
생수 1리터를 담는 플라스틱병을 만드는 데는 그 세 배에 해당하는
3리터의 물이 필요하다는 사실을 아시나요?
그리고 그 물은 플라스틱의 화학적 성분 때문에 재사용이 불가능합니다.
게다가 플라스틱병을 만들려면 원료부터 가공에 이르기까지
들어가는 에너지와 석유량이 만만치 않습니다.
즉 물병의 1/4의 석유를 소비해야 병 하나를 만들 수 있습니다.

문제는 이 물병들이 미생물로 분해되지 아니하고 빛에 의하여 장시간에
걸친 세월을 소비해야만 분해가 가능하다는 것이지요.
그 사이 물병들은 토양을 비롯한 환경을 오염시키고
바다를 떠돌아다니면서 쓰레기 섬을 만들기도 합니다.
병만이 문제는 아닙니다.
언제부턴가 우리는 농업 생산물을 높이기 위하여 멀칭이라는 이름으로
비닐을 깔고 그 위에 농작물을 심습니다. 차를 타고 가다 보면 그 넓은

내면의 눈

땅에 비닐이 덮이지 않은 공간은 찾아보기 어렵습니다.
　물론 노동집약적인 농업에서 비닐이 가져다주는 잡초의 성장 억제력 덕에
일손을 덜고 농사일을 수월하게 할 수 있다는 것은 간과할 수 없지만
비닐 때문에 망가지는 농경지 생각도 할 수 있어야 합니다.

　물론 수거가 잘되지 않아 잔류 비닐로 인한 토양의 오염도 문제이지만
겨울에도 비닐이 덮인 따듯한 공간에 해충이 월동하게 되어
　다음 해에는 더 많은 농약을 뿌려야 작물을 거둘 수 있는 악순환이 되
풀이되는 것도 문제입니다.

　문명의 이기를 포기하자는 것이 아니라
사용하더라도 적게 사용하고 사용 후에는 반드시 재활용하여
지구상에 쓰레기로 남겨지는 양을 줄이는 노력을 해야 한다는 것입니다.
　옛날엔 물병 대신에 바가지 호리병을 사용하기도 했고, 가죽으로 병을
만들어 쓰기도 했습니다. 물론 귀하고 비싸고 비효율적이고 불편하지만
　그것들로 인해 발생하는 환경적인 영향이 무시할 정도로 없었다고 하는
사실에 주목할 필요가 있습니다.

　인류는 언젠가 편리함의 대가를 혹독하게 치를 날이 올는지 모르는 일
이니까요.

예양의 의리

사마천의 사기에는 예양이라는 인물이 나옵니다.
그는 이러한 말을 남기지요.
여위열기자용 사위지기자사
女爲悅己者容 士爲知己者死
"여자는 자기를 사랑해 주는 사람을 위해서 얼굴을 꾸미고,
남자는 자기를 알아주는 사람을 위해서 목숨을 내놓는다."

중국 진나라 말기 지백(智伯)은 조양자(趙襄子)를 치려 했으나 실패하고
오히려 살해되고 맙니다. 지백의 부하인 예양(予讓)이 복수에 나서지요.

예양이 조양자 궁중에 숨어 들어가 하인으로 허드렛일을 하면서
조양자를 죽일 기회를 노립니다.
그러나 예양의 태도를 의심한 조양자가 잡아다 조사를 합니다.

예양의 품속에서 칼이 나왔고
그는 지백의 원수를 갚고자 한다고 실토하기에 이르렀습니다.
좌우의 사람들이 그를 죽이려 하였지만 조양자가 말립니다.
"그만둬라. 그는 의인이다.
지백이 죽고 그의 부하들이 모두 도망가고 없는 지금,

내면의 눈

끝까지 남아 의리를 지키려는 천하의 현인이다.”

그 뒤 예양은 온몸에 옻칠하고 문둥병자로 가장하고
숯을 먹고 목소리를 바꾸어 아주 딴 사람으로 변장했습니다.
얼마 뒤 조양자가 외출할 때 예양이 다리 밑에 숨어서 기다렸습니다.
그러나 다리에서 말이 놀라 뛰는 바람에 다시 잡힌 신세가 되었지요.

조양자는 말합니다.
“나도 너를 용서할 만큼 했다.
그러나 이번만은 그대로 보아 넘길 수가 없다.”하고 죽이려 했습니다.

예양이 탄식합니다.
“여자는 자기를 사랑해 주는 사람을 위해 얼굴을 꾸미고,
남자는 자기를 알아주는 사람을 위해 목숨을 내놓는다.
나를 인정해 준 사람은 지백뿐이다.
그 은혜를 갚지 않고서 무슨 면목으로 저 세상의 지백을 뵐 수 있겠는가.
죽기 전에 한 가지 청이 있다.
조양자여 명군(名君)은 사람의 의거(義擧)를 방해하지 않고
충신(忠臣)은 이름을 위해 죽음도 사양치 않는 법이다.
내가 지금 그대를 죽이지 못하니
대신 그대가 입고 있는 의복이라도 얻어 그것이라도 베어
마음으로나마 복수의 감정을 청산할 수 있다면 죽어도 여한이 없겠소.”
어찌 보면 복수의 허망한 끝일 수도 있고
하나밖에 없는 목숨을 함부로 한 경향이 없진 않지만

처음 먹은 마음을 끝까지 견지하는 그의 정신은 높게 살만합니다.

하지만 뒤집어 생각해 보면

복수 하나의 일념으로 산 그의 삶은 그리 행복해 보이지 않습니다.

미움을 심으면 미움이 싹트고 사랑을 심으면 사랑이 싹틉니다.

조양자가 진심으로 용서했을 때

그도 사랑으로 화해의 길을 갔다면 더 좋은 귀감의 예로 남았을 텐데 말입니다.

굴묘편시(掘墓鞭屍)

인생의 종착역은 무덤입니다.

그것이 화려한 종갓집의 큰 무덤이든 사방 한자도 되지 않는 납골당이

되었든 말이지요. 대궐같이 큰 집에 호사를 누리고 살은 사람이나

집 한 채 없이 동가식서가숙으로 어렵게 산 사람이나

죽어서 차지하는 땅은 한 평 남짓으로 같습니다.

무덤을 가리키는 묘(墓)는 저물 모(莫) 자에 흙 토(土)로 이루어진 글자입

니다.

즉 사람이 황혼을 보내고 나면 땅으로 돌아간다는 것을 의미하는 것이지요.

성어에 굴묘편시라는 말씀이 있습니다. 오자서 열전에 나오는 이야기로

서 "무덤을 파헤쳐 시체에 매질하는 것."을 의미합니다.

초나라 평왕은 비무기의 음모를 듣고 오자서를 죽이려고 합니다.

그때 오자서는 천신만고 끝에 오나라로 망명하여 목숨을 건지게 되지요.

오나라에서 성공한 오자서는 복수를 하고자 초나라를 쳐들어갑니다.

그런데 평왕은 이미 죽고 없었습니다.

평왕은 오자서의 복수가 두려워 무덤을 깊은 못 속에 만들고

무덤을 만든 석공 500명을 모두 물속에 수장시킵니다.

오자서는 평왕의 무덤을 찾고자 했지만 허사였지요.

어느 날 백발이 성성한 노인이 나타납니다.

죽은 500명의 석공 중에서 유일하게 살아난 사람이지요.

그는 오자서의 복수도 중요하지만, 동지의 원수를 갚고자 한다며

무덤의 위치를 알려 주었습니다.

오자서는 평왕의 널을 찾아내어

시체를 꺼내 철장 300대를 쳐서 그 분풀이를 다 합니다.

시신을 아주 떡을 만들어버린 것이지요.

굴묘편시는 그 복수나 행동이 지나침을 의미합니다.

지나침을 경계해야 합니다. 대부분 부도는

잘나가는 사업장을 무리하게 확장하다 발생하는 경우가 많습니다.

칼을 너무 날카롭게 갈면 쉬 무뎌집니다.

넘치도록 가득 채우는 것보다 적당할 때 멈추는 것이 좋습니다.

지나친 친절을 받으면 오히려 불안해집니다.

과공비례(過恭非礼)라고 했습니다.

"지나친 공경은 예의가 아니다."라는 말씀이 있고 보면

편안함이란 절제된 욕망으로 고요함을 지키는 데에 있는 것이니까요.

풀무문학

제가 몸담은 문학 모임의 이름은 풀무문학회입니다.

풀무… 크게 주목받지도 못하고 오래전 물건이라 기억 속에서 사라져가는 물건이지요.

풀무는 화덕에 불을 잘 타게 하도록 공기를 불어 넣는 기구를 가리키는 순수 우리말입니다.

다른 말로는 궤풀무(사각형으로 생겼기 때문에)라고도 하고요

종류로는 움직이는 동력의 원천에 따라 손풀무와 발풀무로 구분되지요.

불이 지속되려면 가연 물질이 필요하고, 발화점 이상의 열이 필요하며 산소가 필요합니다.

이 세 가지 중에서 어느 한 가지라도 충족하지 못하면 불은 일어나지 않습니다.

풀무는 자신을 위한 도구가 아닙니다.

고열을 얻기 위하여 공기를 지속적으로 공급하는 용도로 사용하는 것이지요. 즉 불을 잘 타도록 돕는 기능을 하는 것입니다.

중요한 것은 그 쓰임새의 원천이 안으로 향하는 것이 아니라 밖으로 향한다는 사실입니다.

그러니 자기를 위한 이기심의 발로가 아니라
상대를 돕는 이타적인 발로의 물건이라고 할 수 있지요.
어느 모임이건 중요하고 좋지 않은 것이 없겠지만
글 쓰는 취미 하나로 모여 서로를 격려하고 위로하고
더불어 살아가는 것의 모범을 보이는 것처럼 아름다운 것도 없습니다.

촛불이 아름다운 이유는 자신을 태워 어둠을 밝히기 때문입니다.
풀무가 존중받아야 하는 이유도 자신을 희생하여 불의 영속성을 지켜가
기 때문일 것입니다.

손익계산이나 이해관계를 떠난 모임이 오래갑니다.
그리고 문학의 향기를 날리는 모임이 멋스럽지요.
주변에 좋은 분들이 있다는 것은 늘 감사함입니다.

시간이 허락된다면 우리 문학회 카페에 한 번 들르시기를 바랍니다.
http://cafe.daum.net/pulmudongin

얼음 얼어 반짝이는 달

인디언 테와 푸에블로족이 1월을 지칭하는 말입니다.

또 1월을 '바람 속 영혼들처럼 눈이 흩날리는 달'이라는 표현을 쓰기도
하지요.

대체로 달 이름이 길어서 소화하기 어려운 점도 있지만

달의 이름을 기수로 일이삼을 붙이는 우리네 삶의 방식보다는

자연과 더불어 사는 그들의 감성적 사고가 붙어 있는 달의 이름에

더 정겨움을 느끼게 됩니다.

대부분의 나라에서는 1월에 시작의 의미를 부여합니다.

몸과 마음을 새롭게 다잡고 3일이 될지언정 작심하는 달이기도 하지요.

하지만 인디언들의 달력 이름엔 시작의 의미가 없습니다.

삶을 재단하고 구획 지어 부산함을 떨기보다는

영속적인 일상에서 편안을 느끼는 그들의 일상이 녹아 있음을 봅니다.

우리는 시간을 토막 내기를 좋아합니다.

12월 31일과 1월 1일은 시간 영속성의 관점에서 보면 그냥 다음날일 뿐
인데도

달력을 바꾸어야 하는 우리네들의 인식 속에는 명확한 해의 구분을 의
미하기도 하지요.

불교에서 무시무종(無始無終)을 이야기합니다.

시작과 끝은 시간의 흐름을 의미하는데,

시간은 상대적일 수 있어서 절대적 관념에서는 그 시작과 끝이 의미가

없다는 것이지요.

또 혹자는 유시유종(有始有終)을 주장하기도 하지요.

모든 것은 시작과 끝이 있기 마련이라는 것입니다.

우린 유독 시작과 새로움을 강조합니다.

변화하는 정보화 세계, 광속으로 바뀌는 사회를 보면 온통 새것 투성이

지요.

시작과 끝의 있고 없음이 중요한 것이 아니라

살아가면서 마무리를 잘하는 것이 중요한 것 같습니다.

그래서 행백리자반구십(行百里者半九十)이란 말씀이 있는 것입니다.

병신년을 맞이한 지 20일이 되어갑니다.

혹시 새해에 먹은 결심을 저버리고 있는 것은 아니지요?

■행백리자반구십(行百里者半九十): 100리를 가는 사람은 90리가 절반이다.

                                                          내면의 눈

조화의 멋스러움

아침에 눈을 뜨면 콘크리트로 이루어진 세상이 보입니다.
그 속을 들여다보면 경쟁과 성공의 부추김 속에서
남들과의 끊임없는 비교를 통한 바쁜 삶이 있습니다.

간소하고 단순한 삶이 행복의 가치임을 알고 있음에도
도시의 거센 물결 속에서 조화로움을 잃고
일상의 욕심 속에서 시끄러운 마음을 갖고 살지 않았나 싶습니다.

행복과 아름다움의 정의는 각 나라의 문화, 역사, 전통에 따라 다르지만,
시간과 공간에 상관없는 미(美)에 대한 기준은 '조화로움'으로 같습니다.

사마천의 사기에는
"말 위에서 천하를 얻었다 하여, 말 위에서 천하를 다스릴 수는 없다."
는 말씀이 나옵니다. 역생–육고열전

참모 역생(酈生)은 한나라 때의 인물입니다.
그는 고조 유방을 만날 때마다 『시경』과 『상서』를 인용하며 말했습니다.
그러자 유방은 역생을 꾸짖으며 이렇게 말하지요.
"나는 말 등에 올라 천하를 얻었소. 어찌 『시경』과 『상서』 따위를 쓰겠소."

그러자 역생이 말합니다.

"말 등에 올라타 천하를 얻었다고 하여, 어찌 말 등에 올라타고 천하를
다스릴 수 있겠습니까?

옛날 은나라 탕왕과 주나라 무왕도 무력으로 정권을 얻었지만

민심에 순응해 나라를 지켰습니다.

따라서 문(文)과 무(武)를 함께 쓰는 것이야말로 나라를 길이 보존하는
방법입니다."

역생이 강조한 것은 문와 무의 조화로움입니다.

어찌 조화로움이 文(문)과 武(무)에만 있겠습니까?

미추, 선악, 강약, 장단, 고저 등 세상의 모든 일이 조화로움 속에 있어야
합니다.

고전과 현대가, 시어머니와 며느리가

남편과 아내가, 강경과 온건이, 진보와 보수가…….

세상의 제행(諸行)이 조화로움에 처했을 때 아름다워집니다.

사람의 마음도 그러하지 않을까요?

비교와 경쟁도 좋지만, 협력의 조화로움 속에서

모든 것들을 받아들여야 합니다.

그것이 멋진 인생을 만들어가는 좋은 방법이니까요.

제행무상(諸行無常)

예수가 십자가 위에서 마지막으로 한 말은 "다 이루었다."입니다.
석가가 임종 시에 마지막으로 남긴 말은 "제행무상"이지요.
우주 만물은 항상 생사(生死)와 인과(因果)가 끊임없이 윤회하므로
한 상태로 머물러 있지 아니한다는 것. 즉 항상 변한다는 의미입니다.

이 세상의 모든 것은 변함이 없는 것이 없습니다.
우리가 겪는 모든 것들도 시간의 흐름에 따라 변화합니다.
인간도 태어나고 늙어가고 병들고 죽어갑니다. (生老病死)

어찌 보면 제행무상은 허무주의를 표현하고 있다고 느낄 수도 있겠으나
그 참뜻은 유한한 생명에서 무한의 가치를 찾으라는 것입니다.
무상이기에 어느 한순간도 소홀히 해서는 안 된다는 것이지요.

이 세상에 고정불변한 것은 없습니다.
기쁨과 슬픔, 괴로움과 즐거움 등 인간이 느끼는 모든 감정은
멈추지 않고 흘러갑니다. 영원한 것은 없으니까요.

우리는 미만백년(未滿百年)의 삶을 살다 가면서도
영원히 살 것 같은 착각에 빠질 때가 많습니다.

내가 가진 것에 만족하지 않고 욕심을 앞세우고
남을 아프게 하면서 자기 것을 챙기려고 하는 경우가 많습니다.

푸른 하늘에 떠가는 흰 구름을 봅니다.
그저 바람 부는 대로 흘러가지만 여유롭고 아름답습니다.
온 세상을 다 가진 듯 부귀영화를 누리고 호화롭게 산 사람도
가진 것 없이 세상을 살다 간 사람도
인생의 마지막엔 한 줌 흙, 빈손으로 동질화되는 것은 같습니다.

그러니 베풀고, 비우고, 양보하고, 사랑하고, 덕을 쌓으며
살아가는 것이 좋습니다.
제행무상(諸行無常)이니까요.

내면의 눈

내적시선

성경에 나오는 이야기입니다. (마가복음 7장)

"무엇이든지 밖에서 사람에게로 들어가는 것은 능히 사람을 더럽게 하지 못하되

사람 안에서 나오는 것이 사람을 더럽게 하는 것이니라."

식사 전에 손을 씻지 않은 예수를 보고 바리새인들 그를 더럽다고 비난했습니다.

그러나 예수는 바리새인들의 마음에 탐욕과 사악이 가득한 것을 보고 그들을 위선적이라고 나무라지요.

바리새인은 외형적인 것을 통하여 판단한 결과이고

예수는 내면적인 것을 통하여 판단한 결과입니다.

바리새인은 외적인 것을 중시하기 때문에 율법과 형식에 주목하고

예수는 내면적인 것을 중시하기 때문에 내적인 변화에 주목합니다.

외적인 시선을 갖는 것은 그리 어렵지 않습니다.

그저 주어진 것, 눈에 보이는 것을 보고 판단하면 그만이기 때문입니다.

그러나 내적인 시선을 갖는 것은 쉽지 않습니다.

그것은 주어진 것, 눈에 보이는 것을 넘어야 하기 때문입니다.

결국 내적 시선은 상대방의 내면을 꿰뚫을 수 있는 통찰력이 필요하니
누구에게나 저절로 주어지는 것이 아닙니다.

방학이 되면 성형외과가 문전성시를 이룬다고 합니다.
외형적 아름다움이 인생에 깊이 관여하는 세상이 되었기 때문이지요.
겉모습을 중시하는 세상으로 흐르고 있는 지금
우린 내적인 시선으로 진정한 아름다움과 가치를 발견하고 가꾸어 나갈
필요가 있습니다.

내적 시선을 지닐 때,
우리는 외형을 싸고 있는 두꺼운 껍질을 뚫고 들어가 비로소 본질과 만
나게 됩니다.

내적 시선이 넓어야 시공은 물론 전체를 아우를 수 있습니다.
단순한 외형에 함몰될 것이 아니라 진정한 내면을 볼 수 있어야 합니다.
또한 외형적인 아름다움만 추구할 것이 아니라 내적 아름다움도 함께
가꾸어가야 하는 것이지요.

숲과 다이아몬드

지구상에는 탄소로 이루어진 물질이 많습니다.

대표적인 것이 숯이지요.

나무를 때고 나면 나오는 검은 숯은 탈취 효과가 좋아서

생활 속에서 많이 사용하고 있는데요.

이 숯은 알고 보면 탄소로 이루어진 물질입니다.

연필심이나 샤프펜 심은 흑연으로 만들어집니다.

이 흑연 또한 탄소로 이루어진 물질입니다.

그리고 영원한 사랑의 상징인 다이아몬드,

단단하고 반짝이는 이 물질도 탄소로 이루어져 있습니다.

이 외에도 탄소로 만들어진 공인 플러렌,

아주 작은 튜브인 탄소나노튜브,

차세대 물질로 많은 연구가 되는 그래핀도 모두 탄소로 이루어진 물질입니다.

중요한 것은 이들의 조성 물질이 탄소인 것은 같지만

그 성질은 모두 다르다는 사실입니다.

흑연이나 숯은 잘 부서지며, 미끈미끈하고 검지만

다이아몬드는 단단하고 투명하며 반짝거립니다.

또한 다이아몬드는 전기가 통하지 않는 부도체이지만,
흑연이나 그래핀, 탄소나노튜브는 도체와 유사한 성질을 갖고 있습니다.

이렇듯 원소가 같은데도 불구하고
다이아몬드는 아름다움의 상징이 되었지만
숯이나 흑연은 보잘것없는 검은 덩어리에 머물고 맙니다.
탄소가 땅속 깊은 곳에서 높은 온도와 엄청난 압력을 견디면 다이아몬
드가 되지만 그냥 타버리면 숯이 됩니다.

압력은 고통일 수 있습니다.
그 고통을 잘 견디어 내면 다이아몬드와 같은 아름다운 보석이 되지만
그렇지 아니하면 아무도 거들떠보지 않는 숯덩이가 되고 맙니다.

문제는 자신의 마음가짐이지요.
어렵다고 해서 좌절할 것이 아니라, 성실과 인내로서
자신을 보석과 같이 찬란한 삶으로 승화시킬 수 있어야 합니다.
잔잔한 바다에서 위대한 선원이 만들어지지 않는다는 사실과
거친 땅 위에서 굳어진 발굽을 가진 짐승은 어떠한 길이든 걸을 수 있다
는 사실
그리고 나무의 뿌리를 깊게 만드는 것이 폭풍우라는 사실을 인지할 필요
가 있는 것이지요.

제5장

배움의
향기

침묵 속의 모범

매미와 비둘기가 붕새를 비웃으며 말했다.
"우리는 힘껏 날아봐야 느릅나무나 다목나무에 겨우 다다를 뿐이고
때로는 거기에도 미치지 못하고 땅바닥으로 고꾸라진다.
저 붕새는 무엇 때문에 9만 리나 날아올라 남쪽으로 간단 말인가?"
(장자 소요유)

가까운 교외로 놀러 가는 사람은 세 끼 식사만 하고 돌아와도 배가 부릅니다.
그러나 백 리를 가는 사람은 밤새워 곡식을 찧어야 하고
천 리를 가는 사람은 석 달 동안 식량을 모아야 합니다.
그러니 매미와 비둘기가 붕새의 거대한 비상을 이해하는 것은 불가능한 일이지요.

휘몰아치는 북풍에 마을 앞 느릅나무가 겨울을 울어대고
온 세상이 별마저 얼어붙은 고난의 세월을 인내하고 있습니다.
이럴 때 우린 태양을 향한 남쪽을 그리워하게 됩니다.

우린 남쪽과 남향은 따뜻한 곳이라는 관념에 고정되어 있습니다.
어디까지나 그것은 지구의 절반인 북반구에서 일어나는 현상일 뿐이지요.

만약에 남반구에 있는 호주로 이민 가서 살아야 한다면
북쪽이 따뜻하고 아늑한 방향이 될 것입니다.

그러니 내가 경험하고 알고 있는 것에 대한 집착을 버려야 합니다.
나만 옳다고 생각하는 관념 또한 위험한 것이지요.
작은 일상의 삶에 매몰되어서는 큰 것을 볼 수가 없습니다.

공부는 편견에 둘러싸인 나로부터의 결별 선언이어야 하는데
실상 공부로 인해 편견이 강화되는 경우가 많습니다.
소크라테스가 위대한 철인이 된 이유는
"너 자신을 알라."라는 말씀이 아니라
자신이 아는 것이 없다는 사실을 스스로 알고 있었기 때문입니다.

그래서 공자는 이렇게 이야기합니다.
知之爲知之 不知爲不知 是知也 (논어) 지지위지지 부지위부지 시지야
"아는 것을 안다고 하고 모르는 것을 모른다고 하는 것
이것이 곧 아는 것이다."

스스로 높은 곳에 올라가 사해를 볼 수 있어야 자신의 위치를 바로 알
수 있습니다. 작은 지식에 함몰되어 세상을 업신여길 것이 아니라
큰 지혜로 세상을 품어낼 수 있어야 합니다.
많이 안다고 떠벌려대는 것보다는 때론 침묵 속에서 모범을 보이는 것이
진정 위대함이니까요.

스승의 그림자는 밟아도 스승은 밟지 말아야…

행복한 학교, 행복 더하기 학교를 표방하고 있지만
요즘 학교에서 교사의 행복지수는 그리 높아 보이지 않습니다.
이는 내부의 심정적 요인에서 기인한 것이 아니라
외부에서 지속적으로 일어나고 있는 일련의 교권 침해에 원인이 있습니다.

지난 2020년 이후 공식적으로 집계된 교권 침해 건수는 26,000건에 달합니다.
1년 평균 4,800건의 교권 침해 현상이 접수된 것이지요.
학생에게 폭언, 욕설을 들은 경우가 가장 많고
수업 진행 방해나 심지어 물리적인 폭력에 이르기까지….

성희롱을 당한 경우도 5년 동안 4,000여 건이 됩니다.
어쩌다 우리 사회가 이 지경까지 흘러왔는지 모르겠습니다.
학생만 그러한 것이 아니라 학부모도 마찬가지입니다.
학부모에 의한 교권 침해는 2010년 이후로 400여 건이 접수되었으니 말입니다.

OECD 34개 회원국을 대상으로 설문조사를 한 결과에 의하면
우리나라에서 교사가 된 것을 후회한다는 교사는 20%가 넘는 것으로

나타났습니다.

이는 조사대상 국가 중에 가장 높은 것으로서 OECD 평균 9.4%보다 배 이상 높습니다.

임용고시라는 높은 진입장벽을 뚫고 어렵게 현직에 나와서
아이들과 함께 보람을 느끼고
그리 부족하지 않은 보수에 연금까지 보장이 되어 있는데도
왜 그리 후회 지수가 높은 것일까요?

교사가 아이들의 잘못된 행동을 꾸중하면
학생이 대들고 욕하는 경우가 많고
학부모 또한 아이들에게 편승하여 항의를 하는 경우가 많습니다.
교실은 통제 불능상태에 빠져있고 많은 교사들이 마음의 상처를 받고 있습니다.

과열된 사교육으로 공교육의 신뢰는 땅에 떨어졌고
학교보다 학원을 선호하는 학생이 늘어난 것은 교사들에게 자괴감을 갖게 합니다.
이제는 교사 존경 풍토를 되살려야 합니다.
옛날에는 스승의 그림자도 밟지 말라고 했는데….
요즘엔 그림자는 밟아도 스승은 밟지 말아야 한다는 생각마저 듭니다.

교사가 웃어야 아이들이 웃고 아이들이 웃어야 세상이 행복합니다.

씨앗을 꺼내며

날이 하루가 다르게 길어져 갑니다.

양지바른 곳에는 이름 모를 풀들이 오랜 겨울잠에서 기지개를 켭니다.

계절의 순환구조를 잊지 않고 철마다 새로움을 전해주는 풀들….

어쩌면 사람들은 풀꽃을 닮았습니다.

춘풍이 부는 들판에… 눈 녹은 산골짜기에….

나무는 나무대로 풀은 풀대로 어울려 오순도순 살아갑니다.

그 모습이 참으로 정겹게 느껴지지요.

하늘을 향해 올려다보아야 하는 큰 나무보다는

고개 숙여 만날 수 있는 작은 풀꽃이 더 정겹게 다가옵니다.

우리가 살다가는 이 세상은 순간순간 기쁨으로 채워진 눈부신 선물입니다.

또한 자신의 존재 이유를 침묵으로 증명하며

어느 한순간도 쉬지 않는 꾸준함을 지키는 풀꽃이야말로

세상을 조화로움으로 이끄는 성자의 모습입니다.

봄바람은 손에 잡히지 아니하고 눈으로 보이지 아니하여도

온몸으로 느낄 수 있는 것이며

봄의 향기 또한 시각과 촉각으로 느낄 수는 없어도

코끝으로 느껴지는 자연의 향기입니다.

지난해 받아 놓은 꽃씨를 꺼내봅니다.

아직 파종하기엔 이른 계절이지만

그 딱딱하고 앙상한 작은 씨앗이

싹트고 성장하여 멋스런 꽃을 피워올린다는 것은 상상하기 쉬운 일이 아
닙니다.

낙락장송도 처음엔 작은 씨앗이었을 겁니다.

작은 씨앗을 앞에 놓고, 심고 물주고 가꾸고 길러

큰 열매를 맺는 과정을 상상합니다.

그것이 중요하게 다가오는 것은

어쩌면 사람을 기르는 것과 다르지 않기 때문일는지 모릅니다.

따뜻한 삶

도시 사람이 농촌에 들어가 사는 것이 쉬울까요?
아니면 농촌 사람이 도시에 가서 사는 것이 쉬울까요?
물론 개인차는 존재하겠지만 농촌살이가 더 어려운 것은 사실일 겁니다.

젊었을 때 도시 생활하다가 나이가 들어 농촌으로 가는 사람이 많습니다.
팔팔할 때 도시 생활하다가 늙고 병든 이후에 농촌을 찾는 사람도 있지요.

도시는 각기 제 것이 정해져 있고 짜인 생활 속에서 송곳 하나 들어갈
틈이 없습니다.
하지만 농촌의 자연은 함께 누리고 공존하는 방법을 일깨워주지요.

바람이 숲을 간질이는 소리만 들어도 행복하고
아침을 깨우는 이름 모를 산새 소리만 들어도 설레고
맑은 물이 졸졸 흐르는 시냇물 소리만 들어도 배가 부릅니다.
그러니 자연에서 느끼는 행복은 돈으로 값을 매길 수 없습니다.

나무는 아낌없이 덜어내야만 혹독한 겨울을 날 수 있습니다.
그리고 인고의 세월을 끊임없이 준비해야만 봄에 꽃을 피울 수 있으니
인류의 위대한 스승은 자연만 한 것이 없습니다.

자연을 닮은 삶은 많은 것을 가져서 행복한 것이 아니라
자연의 일부이기 때문에 행복한 것일는지 모릅니다.
길가에 피어있는 작은 풀꽃에서
숲 속을 걸으며 오르는 작은 뒷동산에서
아무런 대가를 바라지 않고 피어난 야생초에서
큰 물질적 행복을 추구할 때 얻을 수 없는 작은 행복을 만나게 됩니다.

그런 소소한 일상의 잔잔함이 따뜻한 삶을 만들어줍니다.

위기지학

논어의 첫 문장은 학이(學而)에서 시작하여 군자호(君子乎)로 끝납니다.
그중 문맥을 이어주거나 의문문을 만들어주는 而와 乎를 제거하면
학(學)과 군자(君子)가 남습니다.
즉 논어 전체에서 흐르는 내용의 면면은 '군자의 덕을 익히는 것'이라고
정의할 수 있습니다.

옛사람들은 공부의 주된 목적이 수기치인(修己治人)에 있습니다.
자신의 내적 품성을 갈고 닦는 것에 1차적인 목적이 있는 것이지요.
그것을 위기지학(爲己之學이)라고 표현합니다.

배움의 향기

즉 자기 자신을 위한 학문이라는 것이지요.

이것은 남에게 보이기 위한 포장지로서의 학문이 아니고

권세나 권력을 잡기 위한 도구로서의 학문이 결코 아니라는 것입니다.

올바른 품성과 인격을 갖추는 것에서 출발하여

인간다운 삶을 살아가는 것….

이것이 학문의 궁극적 목적인 셈입니다.

그리하여 학문을 學文으로 적지 아니하고 學問으로 적습니다.

공부를 통해 인생의 길을 묻는 것이지요.

요즘을 돌아봅니다.

어떻게 살 것인가 하는 철학에는 관심이 없고

남들보다 높은 점수를 획득하여 대학진학과 취업에만 관심이 집중되어 있습니다.

그것은 위인지학(爲人之學)이라고 할 수 있지요.

남에게 보이기 위한 학문이라는 뜻입니다.

요즘엔 인성교육이 많이 강조되고 있습니다.

늦은 감이 있지만 참으로 다행인 셈이지요.

가슴은 없고 머리만 큰 가분수 적 인간을 기르는 것을 경계해야 합니다.

행복의 중심엔 따뜻한 인간의 향기가 있는 것이니까요.

*논어의 첫 문장

學而時習之 不亦說乎 (학이시습지 불역열호)

有朋自遠方來 不亦樂乎 (유붕자원방래 불역락호)

人不知而不慍 不亦君子乎 (인부지이불온 불역군자호)

때에 맞추어 배우고 익히면 또한 기쁘지 아니한가.

벗이 먼 곳으로부터 오면, 또한 즐겁지 아니한가.

사람들이 알아주지 않아도 성내지 아니하면, 또한 군자가 아니겠는가.

왕태 이야기

장자에 보면 왕태(王駘)의 이야기가 나옵니다.

왕태는 죄를 지어 한쪽 다리가 잘린 사람입니다.

그러나 성인인 공자가 덕을 흠모하는 유일한 사람이기도 하지요.

王駘는 성이 왕 씨고 이름이 태일 수도 있겠으나

태(駘)는 둔하고 깡마른 것을 의미하니 둔한 것의 으뜸(王)이란 해석도 가능합니다.

죄를 지어 다리가 잘린 왕태(王駘)라는 인물이 노(魯)나라에 있었다.

그의 제자들이 공자(孔子)의 제자 수와 맞먹었다.

제자인 상계(常季)가 공자에게 물었다.

"왕태는 죄를 지어 다리가 잘리는 형벌을 받았습니다.

배움의 향기

그런데도 그의 제자들이 선생님의 제자와 맞먹어 노나라 인구의 반을 차지할 정도입니다.

그는 서서 가르치지 않고 앉아서 토론도 하지 않습니다.

그런데도 공허한 상태로 찾아간 사람들이 마음을 채워 돌아간다고 합니다.

그의 말 없는 가르침 중에는 보이는 것은 없으나 사람들이 스스로 느껴 마음의 변화를 이루도록 하는 무언가가 있는가요?

그는 도대체 어떤 인물인가요?"

공자가 대답했다.

"그는 성인이다. 나도 그를 뵈려 했으나 때를 놓쳐 뵙지 못했다.

나는 장차 그를 스승으로 모시려고 한다.

나보다 못한 사람들은 말해서 무엇하겠는가! 어찌 노나라뿐이겠는가!

나는 온 천하 사람들과 함께 그분을 따를 생각이다."

상계가 물었다.

"그는 죄를 지어 다리가 잘렸었는데도 왕성하게 선생 노릇을 하고 있으니 보통 사람들보다는 훨씬 위에 있을 것입니다. 그 마음 씀씀이가 다른 것에 특별한 이유가 있을까요?"

공자가 대답했다.

"죽고 사는 일은 사람들에게 가장 중대한 일이지만 그의 본성은 생사로 인해 변하지 않는다.

하늘이 뒤집히고 땅이 꺼져도 그는 본성을 잃지 않는다.

거짓 없는 진리인 도와 함께하므로 사물의 허상에 얽혀 변하지 않으며,

만물을 변화 속에 두면서도, 자신은 도의 마땅함을 따르고 있다."

상계가 물었다.
"어떤 말씀입니까?"

공자가 대답했다.
"다른 시각으로 보면 한 몸 속에 있는 간과 쓸개가 초나라와 월나라 같이 멀리 있는 것으로 보이나,
같은 시각으로 보면 천지에 있는 만물은 하나다.
하나임을 알면 귀와 눈이 의식하는 분별함을 초월하고,
마음의 덕은 조화 속에 노닐어 만물을 동일하게 보게 된다.
육신의 변화에도 얽매이지 않고 발이 잘린 것도 초월하게 된다.
그러므로 한 다리를 잃은 것은 흙이 붙었다가 다시 땅으로 떨어진 것으로 여기게 된다."

상계가 물었다.
"그는 자신을 위해 지혜를 얻고, 자신의 지혜로 마음을 터득하고,
흔들리지 않는 마음인 상심(常心)을 얻었습니다. 그런데 사람들은 무엇 때문에 그에게 몰려듭니까?"

공자가 대답했다.
"사람들은 흐르는 물에 자신을 비춰 보지 않고, 고요한 물을 거울로 삼는다.
그의 흔들리지 않는 마음은 고요한 물과 같다. 그는 참으로 멈춰 있다.

배움의 향기

그래서 멈춤을 구하는 많은 사람들이 몰려드는 것이다.

이 왕태의 이야기는 장자가 꾸며낸 이야기일 가능성이 높습니다.

실제로 논어에는 왕태라는 사람이 등장하지 않기 때문이지요.

왜 사람들은 보잘것없이 여의고 깡마른 외발이 왕태에 열광할까요?

그건 그가 흔들리지 않는 마음을 갖고 있기 때문입니다.

유지능지중지(唯止能止衆止)라 했습니다.

오직 멈추어 있는 자만이(唯止), 멈춤을 원하는 많은 사람들을(衆止), 능히 멈추게 할 수 있다(能止)는 말씀이지요.

그리고 말하는 것보다 상대방의 이야기를 진심으로 들어주었다는 것입니다.

대부분의 사람은 자신의 절박함을 이야기하는 것에 함몰되어

남의 이야기를 들으려 하지 않는 경우가 많습니다.

하지만 관계란 남의 이야기를 경청하는 것에서부터 출발하는 것이지요.

우리의 삶을 돌아봅니다.

때론 돈과 명예 때문에, 권력과 이권 때문에 흔들리는 마음을 갖고 시끄럽게 살아갑니다.

왕태는 이야기합니다.

고요한 가운데서 네 삶을 온전히 하라고… 결코 외물에 흔들리지 말고 의연하게 자신의 길을 가라고….

우린 어쩌면 묘지명에 기록될 몇 줄의 문장을 위하여 현재의 기쁨과 행복을 유보하고 있는지도 모르지요.

억척스럽게 살아 얻은 Epitaph(묘지명)는 부질없는 것일지 모릅니다.

우리가 기쁨을 얻는 좋은 방법의 하나는 더불고 베풀고 사랑하는 것에 있으니까요.

버들강아지

봄은 어느새 강아지 꼬리만큼 부풀었습니다.

양지바른 곳에 노루귀나 복수초가 제철을 맞았습니다.

봄은 지구의 공전이 아니라 이런 봄꽃들이 가져다준 선물이 아닌가 생각합니다.

눈 녹은 실개천엔 버들강아지가 한창입니다.

버드나무는 처음엔 빨간색으로 탱탱하게 물이 올랐다가

앙증맞은 고깔을 위로 밀어내면서

은회색 버들강아지를 피워 올립니다.

버들강아지란 그 연한 솜털이

마치 강아지의 부드러운 털과 닮았다고 하여 붙여진 이름입니다.

즉 버들강아지는 버드나무의 꽃인 셈이지요.

배움의 향기

이맘때면 냇가에 아무렇게나 자란 버드나무를 뚝 잘라
손으로 비틀어 속 가지를 빼내고
알맞게 잘라 버들피리를 만들어 불던 기억이 납니다.
그 소리의 운치도 그러하거니와
혀끝으로 느껴지는 버드나무의 쌉쌀한 느낌이 아련합니다.

고층빌딩과 아스팔트, 사무실과 컴퓨터에 파묻힌 일상에서
이런 자연의 경이로움을 느낀다는 것은 쉽지 않습니다.
잠시 일을 접고 밖으로 나와 보세요.
아주 작은 공터나 화단만 있어도 오는 봄을 맞이할 수 있지요.
다만 지금은 화단에 들어가거나, 마른 잡초를 정리하는 것은 조심해야
합니다.
힘들게 대지를 뚫고 올라오고 있는 새싹을 밟을 위험이 있기 때문이지요.
주변을 주의 깊게 살펴보세요.
해마다 어김없이 연주되는 생명의 환희에
가슴이 벅차오르지 않나요?

만남은 맛남입니다.

우리는 하루를 살아가면서 참 많은 것들을 만나게 됩니다.
풀 한 포기 나무 한 그루 이름 모를 새들 그리고 주변의 사람들….
그런데 어느 것 하나 제대로 존재를 아는 것은 쉬운 일이 아닙니다.
우리가 알고 있다는 것은 표상만 알 뿐이지
그 깊이를 잴 수 없는 대상의 심연까지 알기란 어렵습니다.

사람도 마찬가지가 아닐까요?
사람을 만난다고 하는 것은 그가 평생을 이루고 지켜온
가치관과 만나는 것이며, 그의 일생을 만나는 것이니
작은 것 하나라도 소홀히 할 수 없습니다.

그러니 사람을 만날 때는 그 사람에게 집중해야 합니다.
아무리 바쁜 일이 있더라도 그 사람을 위하여 시간을 할애해야 하지요.
우린 하루를 너무나 바쁘게 살고 있기 때문에
하나하나의 만남의 소중함을 잊고 살 때가 많습니다.

지구상엔 70억이 어울려 살아갑니다.
그 70억이라는 숫자는 상상 이상으로 어마어마한 수인데요.
그중에 가끔이라도 볼 수 있는 인연으로 만날 수 있다고 하는 것은

배움의 향기

낙타와 바늘귀를 예를 들지 않아도 쉽지 않은 인연일 겁니다.

그러니 가끔 생각이 난다면 생각으로 머물지 말고
전화를 하는 것도 좋습니다.
"네가 생각나서……."
그럼, 수화기 너머로 기대하지 않았던 행복이 가슴을 적셔줄 수 있지 않
을까요?

돌의 반란

반도체는 주로 실리콘이 주재료로 소량의 티타늄 등 각종 원소로 이루어
져 있습니다.
문제는 이 돌덩어리들이 가져온 세상의 변화가 너무 놀랍다는 것이지요.

우리나라에서 가장 성능이 좋은 슈퍼컴퓨터를 운영하고 있는 곳은
아무래도 기상청일 가능성이 높습니다.
10초 앞도 내다보지 못하는 것이 인간인데
다음날의 일기와 기온을 정확히 예측한다는 것이 쉽지 않기 때문인데요.
예보의 정확성을 높이려면 기온, 기압, 습도, 바람, 구름, 비, 눈 등 여러
가지 복합적인 요인을 따져봐야 하는 것이고

그 복잡한 계산을 위해서는 성능 좋은 컴퓨터가 필요한 것이 그 이유이지요.

1992년에 이기성이라는 뚱보 강사가
『컴퓨터는 깡통이다』라는 책을 출간한 적이 있습니다.
그것이 세상에 큰 쟁점이 되기도 했지요.
그러나 이젠 컴퓨터를 깡통이라고 부르거나 그렇게 생각하는 사람은 없습니다.
1997년 IBM사는 인공지능 컴퓨터 딥블루를 만듭니다.
이 컴퓨터는 세계 최고의 체스 황제인 카스파로프와의 대결에서 이기며
세상의 주목을 한 눈에 받았습니다.
컴퓨터가 인간을 이긴 첫 사례로 딥블루를 꼽기도 합니다.
요즘 인터넷을 달구는 가장 큰 화제는 이세돌과 알파고입니다.
승패도 중요하지만 주목할 것은 '돌의 진화'입니다.

컴퓨터는 마음이 없습니다. 욕심도 없지요.
승자의 상금이 12억이라는데 컴퓨터가 이긴다고 하더라도 컴퓨터에게 돌아가는 보상은 없습니다.
그 무심 무욕, 그리고 객관적인 생각으로 항상 최선의 수를 둡니다.
그러니 흔들리지 않는 계산기를 이기기란 쉽지 않습니다.

요즘 컴퓨터 장기 프로그램도 많이 나와 있습니다.
장기로 컴퓨터를 이기기도 어려운 일이지요.
그래서 프로그램에서 사용자가 컴퓨터의 급수를 조절할 수 있도록 해 놓

았는데요.

어찌 보면 인간이 조롱당한다는 느낌을 지울 수 없습니다.

컴퓨터는 잠을 자지 않아도 피곤해하지 않습니다.

생각을 오래 시켜도 CPU(뇌)가 거부반응을 일으키지도 않지요.

24시간 전기만 주면 항상 처음 모습 그대로 일할 수 있습니다.

그리고 한번 기억한 것은 절대로 잊는 법이 없지요.

연말정산 할 때 국세청 연말정산간소화서비스에 들어가 보면 내가 사용한 돈의

1원까지 정확히 관리되고 있다는 사실에 경악해본 경험들이 다 있을 테니까요.

그리고 AlphaGo를 만든 회사가 GooGle이라는 사실에 주목할 필요가 있습니다.

우리나라는 네이버와 다음이 포털 시장을 양분하고 있지만

세계적인 검색사이트 1위는 단연 구글입니다.

구글어스부터 시작하여 구글 드라이브에 이르기까지. 제대로 구글을 이해했다면

그 세상의 놀라움은 말로 표현하기 어렵습니다.

기원전(BC)과 기원후(AD)는 예수님 탄생이 그 분수령입니다.

요즘엔 BG와 AG를 주장하는 사람도 있습니다.

즉 Before Google과 After Google을 의미하지요.

세상을 바꿀 기업의 최첨단엔 마이크로소프트사와 구글이 있습니다.

돌의 반란!

이젠 대부분의 지능 경쟁에서 인간이 기계에 뒤떨어지는 시대를 대비해야 합니다.

시인 신동엽 씨는 "껍데기는 가라."라고 외쳤는데

이젠 인간이 껍데기가 될까 봐 두려운 생각마저 듭니다.

세발낙지와 영덕대게

수업하다 보면 세발낙지의 발이 세 개라고 우기는 학생이 있습니다.

물론 제가 살고 있는 지역이 바다에서 꽤나 떨어진 내륙에 있기 때문일 수도 있겠으나

고유어와 한자어의 결합으로 만든 언어의 태생적인 문제도 있어 보입니다.

*낙지 다리의 개수는 8개랍니다.

세발낙지는 가늘 세(細)를 써서 낙지의 다리가 가늘다는 것을 의미합니다.

그럼 아예 한문으로 '세족(細足)낙지'라고 하던지

아니면 한글로 '가는 발 낙지'라고 해야 옳을 텐데

이도 저도 아닌 세발낙지라고 표현한 것이 문제지요.

영덕 대게도 그러하지요.

배움의 향기

대부분의 사람은 게가 커서 대(大)게라고 표현한다고 느끼지만

사실은 몸통에서 뻗어 나간 다리 모양이 대나무처럼 마디가 있고

길쭉하고 곧다고 해서 붙여진 이름입니다.

그러면 차라리 죽해(竹蟹)라고 하던지

대나무발게 라고 표현하는 것이 옳은데….

간단히 대게라고 적은 것이 오해를 낳고 있습니다.

공자는 이름을 올바르게 짓는 정명론(正名論)을 주장합니다.

바른 이름으로 대상을 명확히 지칭하는 것의 중요함을 말씀하는 것이지요.

그것이 논문에서 이론적 배경과 용어의 정의를 거론하는 이유입니다.

요즘 인사를 건넬 때면 으레 명함을 주고받습니다.

그건 종잇조각에 불과하여 교환가치를 갖고 있지 못한 쪽지인데

그 속엔 이름으로 대변되는 자기 존재가 있습니다.

어차피 초고속사회에서 명함의 교환이 불가피하다면

사회적 관계망으로 점철된 진부한 명함보다는

자신의 가치를 잘 드러내는 감성 명함이 되었으면 좋겠다고 생각합니다.

꾸미지 않는 자연

역사는 가정을 허락하지 않습니다.

그건 무의미한 상상에 불과하기 때문이지요.

우리네 인생도 연습을 허락하지 않습니다.

불가역적으로 흘러가는 세월 속에서 매 순간이 실제상황이기 때문입니다.

지난 일요일 호미를 들고

이제 막 해토된 대지에 섰습니다.

겨우내 쌓였던 눈이 녹아 촉촉해진 대지엔

갖가지 생명들의 잠 깨는 소리가 들릴듯합니다.

마른풀을 조심스럽게 걷어내면

고들빼기며 냉이가 살포시 얼굴을 내밉니다.

아직 잎을 식용하기엔 이른 감이 있지만

실한 뿌리를 먹기에는 지금만큼 좋은 계절이 없습니다.

자연을 대하면서 때의 소중함을 느낍니다.

실기(失期)를 하면 쇠거나 웃자라 수확을 장담할 수 없으니까요.

모든 것은 때가 있다는 평범함을 봄빛 난만한 대지가 일깨워주었습니다.

올해로 교직 생활이 30년을 넘었습니다.

돌이켜 생각해보면 조급하고, 경솔하고, 겸손하지 못하고, 설익은 모습
들에
참 서툴렀던 시절이 아니었나 싶습니다.
자연은 있는 그대로 꾸밈없음 속에서
한순간도 쉬지 않는 꾸준함을 보여줍니다.
그리고 애쓰고 준비한 만큼의 결과를 안겨주지요.

인간이 위대하고, 만물의 영장이며, 세상의 온갖 것을 다 가진 것 같지만
이른 아침 풀섶에 청초하게 피어있는 이름 모를 꽃의 모습처럼
꾸미지 않는 것의 멋스러움을
드러내 자랑하지 않는 것의 진정성을
어떤 조건에서든지 최선을 다하여 열매를 맺고자 하는 모습의 아름다움을
겸손하고 소박한 마음으로 배울 필요가 있습니다.

어쩌면 세상의 근간을 이루는 힘은
이기적인 마음을 가진 인간이 아니라
그저 놓여진 그대로 존재의 아름다움을 뽐내는
자연일 수 있다는 생각이 듭니다.

화식열전

BC 1세기에 살았던 사마천의 사기에는 화식열전(貨殖列伝)이 있습니다.

화식이란 貨(재물화) 殖(번성할식)으로 돈 버는 방법에 관한 이야기지요.

열전이란 인물에 대하여 주로 기록하고 있는데

세상의 비판에도 불구하고 책의 뒷부분에 뚱딴지처럼 돈을 이야기하고 있습니다.

이는 40만 냥이 없어 궁형(생식기 제거)을 당해야 했던 사마천의 트라우마가 작용했을는지도 모릅니다.

거기엔 이러한 대목이 나옵니다.

"대개 보통 사람들은

상대방의 재산이 자기 것의 열 배가 되면 이를 비난하고

백 배가 되면 이를 두려워하고

천 배가 되면 고용 당하고

만 배가 되면 그의 노예가 된다."

凡編戸之民　富相什則卑下之　伯則畏憚之　千則役　万則僕

이는 다음의 이야기도 성립할 수 있습니다.

배움의 향기

한두 명을 죽이면 살인자로 징역형을 받습니다.

10명 이상을 죽이면 살인마로 낙인되어 종신형이나 사형을 면키 어렵지요. 그러나 만 명 이상을 죽이면 그는 대단한 영웅이 됩니다.

이건 세상의 돌아가는 이치를 말하고 있는 것입니다.

선부후교(先富後敎)라 했습니다.

창고가 가득 차야 예의범절을 이야기할 수 있지요.

광에서 인심 나듯 기본적인 욕구가 해결되어야 합니다.

돈에 대한 욕망은 인간의 본성이니까요.

연못이 깊어야 고기가 살고

산이 깊어야 짐승이 모여들 듯

사람도 부유해야 사람이 모여듭니다.

세력을 잃으면 찾아오는 사람이 없습니다.

의리니 세태니 하는 것의 갑론을박을 떠나

이것이 세상의 이치인 것만은 틀림이 없습니다.

우린 한 달에 한 번씩 월급이 통장으로 들어옵니다.

삶이 그리 곤궁하지 않다면 월급날을 잊고 사는 경우도 많습니다.

살아가면서 재물의 곤고함에서 벗어나 있다는 것만큼 행복도 없습니다.

이른 아침 동대문 시장에 가 본 적이 있는지요?

많은 사람들이 시끌벅적하게 삶을 이어가는 것이 활기차 보이지만

그 내면엔 이익을 위한 삶의 처절함이 있습니다.

재물의 소중함을 갈파하던 그도 맨 마지막엔 다음과 같은 글을 남깁니다.

"1년을 살려거든 곡식을 심고

10년을 살려거든 나무를 심고

100년을 살려거든 덕을 베풀어라, 덕이란 사람을 이르는 것이다."

居之一歲 種之以穀 十歲 樹之以木

百歲 来之以德 德者 人物之謂也

그러고 보면 사람을 기르는 교육이 가장 중요한 가치일진대

하루하루 일상에 파묻혀 살다 보면

중요한 가치를 종종 잊고 사는 것 같아 부끄러운 마음이 듭니다.

스스로 생각하는 교육

알파고 이야기가 아닙니다.

사람은 교육받은 대로 사고하고 행동합니다.

교육은 인간을 변화시키는 가장 큰 도구이기 때문입니다.

통제와 억압 속에서 오직 한 가지만 교육 받는 세계 유일한 집단은 북한
입니다.

배움의 향기

왜 그들이 김일성, 김정일, 김정은 삼부자를 신처럼 받들고 살까요?

그 이유는 간단합니다.

어릴 때부터 그렇게 교육받고 자랐기 때문입니다.

그들의 교육에는 어떠한 비판이나 이유가 허락되지 않습니다.

북한은 공산주의일까요?

제가 생각할 때 북한은 절대 공산주의 국가가 아닙니다.

아이들은 태어날 때부터 한 지도자를 숭배하도록 강요 받아왔고

사회 전체는 지도자라 부르는 한 개인을 중심으로 움직이도록 강제되었습니다.

왕권 세습이 이루어지는 북한은 중세 시대의 왕국과 전혀 다를 바가 없습니다.

따라서 공산주의보다는 김 씨 왕국이라고 할 수 있지요.

제가 이야기하는 것은 지구상의 어떤 왕조를 비판하거나

헐뜯기 위함이 아닙니다.

인간을 변화시키는 교육이 중요하다는 것을 강조하기 위함이지요.

인간은 생각하고 대화를 통하여 삶의 문제를 해결할 수 있을 때 행복을 느낍니다.

우리나라는 전 세계에서 교육비 지출이 가장 높은 나라입니다.

투자한 만큼 우수해지는 것이 경제논리라면 우리나라가 세계에서 가장 훌륭한 교육을 하고 있어야 옳습니다.

그러나 효율성 면에서는 OECD 국가에서 최하위를 면치 못하고 있습니다.

학생들은 유치원에서 고등학교 때까지 13년 동안 공교육 시스템 안에서 살아갑니다.

대체로 130,000시간 동안의 어마어마한 공부의 노력이

수능 한방으로 결정되니 아이러니한 일입니다.

우린 빨리 풀고, 요령을 익히고, 정답을 맞히는 테크닉 교육에서 벗어나야 합니다.

스스로 생각하는 힘을 길러주는 것이 무엇보다도 중요하지요.

북쪽 나라에서는 한 개인을 위한 교육을 강요하고 있고

남쪽 나라에서는 정해진 길을 위한 교육이 강요되고 있다는 느낌을 지울 수 없습니다.

명견만리(明見万里)라고 했습니다.

만 리 밖의 일을 내다보고 살아야 한다는 것이지요.

우수한 두뇌집단이라고 자위하고 있을 것이 아니라

스스로 생각하는 힘을 가진 진정 위대한 민족이 될 수 있도록 교육이 앞장서야 합니다.

우리 스스로 그런 교육을 할 수 있는 교사가 되기를 희망해봅니다.

배움의 향기

맑은 향기

『채근담(菜根譚)』은 1644년경 중국의 홍자성(洪自誠)이란 사람이 쓴 책입니다.

채근담의 속뜻은 "식물의 뿌리를 캐먹는 이야기"라는 의미가 있지요.

사실 뿌리는 맛과 거리가 있고 거친 음식이 사실입니다.

그런데 그 무덤덤하고 느끼하지 않은 맛이
오래도록 두고 먹을 수 있는 기반이 됩니다.
꾸미지 않는 진실의 멋이 책 속에 녹아 있어
구구절절이 가슴에 와 닿는 명구가 삶의 지혜를 보여주지요.

채근담엔 다음과 같은 말이 있습니다.
"복숭아꽃과 오얏꽃이 비록 곱다 한들
어찌 저 푸른 송백(松柏)의 굳은 절개만 할 수 있으며
배와 살구가 비록 달다 한들
어찌 노란 유자와 푸른 귤의 맑은 향기만 할 수 있으랴!"

복숭아꽃과 오얏꽃은 봄을 수놓는 꽃입니다.
천상의 꽃이라 할 수 있을 정도로 아름답고 수려하지요.
복숭아꽃이 떨어져야 복숭아가 열리고 오얏꽃이 떨어져야 자두가 열립

니다. 그러니 그 수명이 지극히 짧은 것은 당연한 일입니다.

소나무와 잣나무는 비록 아름답지는 않아도
사시사철 변함이 없습니다.
그리고 그 변함없음의 기간이 참으로 길지요.
이 말을 곱씹어 보면 겉의 아름다움과 속 깊은 절개 중에
겉보다는 속이라는 의미입니다.

또한 배와 살구는 달콤한 과일인데 비교적 일찍 익습니다.
유자와 귤은 아주 늦게 익는 과일의 대명사이지요.
일찍 익는 조생종에서는 맛의 깊이를 느낄 수 없습니다.
햇살이 가득 담긴 만생종이어야 오래 보관할 수 있고
세월이 담아 놓은 감칠맛을 느낄 수 있지요.

이 말은 조수(早秀: 일찍 성공함)는
만성(晚成: 늦게 성공함)을 따르지 못한다는 의미일 수 있습니다.
고생을 모르고 자라난 사람은 고난이 닥쳤을 때 무너지기 쉽습니다.
남들보다 앞선 천재(天才)들은 엘리트 의식에 빠지기 쉽습니다.

그러니 소나무와 잣나무 같은 변함없는 마음으로 유자와 귤같이 맑은
향기를 간직하고 인생 앞에 겸손할 수 있어야 합니다.
누가 봐서가 아니라, 외부의 이목이나 눈초리 때문이 아니라
그런 마음이 비교할 수 없는 행복을 가져다주기 때문입니다.

배움의 향기

봄입니다

어렸을 때 봄은 병아리의 노란색으로 다가왔습니다.

가금류는 우리의 일상에서 늘 함께하는 동반자와 같은 개념이었지요.

닭은 새벽에 홰치는 소리만 기억하는 사람이 많지만

알을 낳고 난 뒤에, 병아리를 불러 모을 때,

솔개의 비행에 위험을 알릴 때 소리가 모두 다릅니다.

시골서 닭을 놓아 기르지 않고는 느낄 수 없는 것들이지요.

실하게 살이 오른 암탉 뒤엔 병아리 예닐곱 마리가 종종거리며 따라다니고 길어진 해가 지루해 할 일 없는 수탉이 두엄을 헤집습니다.

외양간에는 암소가 게으른 하품을 토해내고

토방 아래에는 삽살개가 한낮을 졸고 있습니다.

어쩌면 이것은 우리가 흔하게 보던 봄의 농촌 풍경입니다.

문만 열면 동물들을 눈앞에서 보고, 만지고, 느끼며

생명과 더불어 생활을 해 왔지요.

요즘은 살아있는 가축을 만나기가 어렵습니다.

그냥 놓아 기르는 농가가 없기 때문이기도 하거니와

대량생산으로 대변되는 현대화된 시설 때문에

태어나서 죽을 때까지 바깥 구경 한 번 못 하는 동물들이 대부분이기 때
문이지요.

이는 소와 돼지도 마찬가지여서 우리 아이들이 살아있는 동물들을
자연 속에서 함께 하기란 쉬운 일이 아닙니다.
그러니 생명의 소중함을 보고 배울 기회가 없습니다.
애완동물을 기르면서 동물이 주인에게 맞추어 행동하는 것을 요구하고
그에 익숙해진 나머지 자기중심적 사고에 함몰되어
배려를 학습할 기회가 없는 것도 문제입니다.

심지어는, 사랑해서 잘 기르다가도
실증이 난다는 이유 하나만으로 애완동물을 버리기도 합니다.

집에서 기르는 동물이 상처를 입었을 경우
어머니께선 약을 발라주시며 항상 이런 말씀을 하셨습니다.
"말 못 하는 짐승이 얼마나 아플까?"

이 말씀 속에는 대상에 대한 배려가 깔려 있습니다.
이 세상에서 인간이 만물의 영장임에는 틀림이 없지만
그건 인간의 마음대로 주변을 판단하고, 통제하라는 말씀은 아닐 겁니다.
그러니 사랑과 애정을 갖고 주변을 대해야 합니다.

더불어 산다는 것은 비단 인간에게만 국한된 개념은 아닐 것이란 생각이
들어서 말입니다.

195

용화산을 오르며

영화 「히말라야」를 두 번 보았습니다.
따뜻한 인간미가 줄거리 속에 녹아 있어 감동이 있었고
산을 대하는 겸손을 배울 수 있음이 좋았습니다.

한국 100대 명산 중의 하나이지만 비교적 낮은 산인 용화산(878.4m)에
히말라야를 가는 기분으로 올랐습니다. (장비만)
처음 가는 산이라 인터넷을 검색하고 거리를 계산하고 시간을 체크하고
나름대로 열심히 준비한다고 했는데
양통에서 큰 고개까지의 길은 지도상에만 나와 있고 실제로는 차가 다닐
수 없는
비포장 돌길이어서 예정보다 1시간을 더 걸었습니다.

큰 고개에 도착해서야 간동 쪽으로만 포장된 길이 있고
번듯한 주차장이 있다는 사실을 알고 못내 억울한 생각이 들었습니다.
산행을 날로 먹으려고 했던 마음을 반성하기도 했지요.

산은 봄이 성큼성큼 다가오는 느낌을 안겨 주었습니다.
초입에서부터 피기 시작한 생강나무(동백꽃)가 수줍게 노란 꽃망울을 터
뜨리고

따스한 햇살은 대지를 지배하고 새로운 생명을 막 탄생시키고 있었습니다.

너럭바위 사이를 흐르는 물이 시리도록 투명하고
자연이 이루어 놓은 소에는 맑은 하늘이 일렁대었습니다.
자연은 이렇게 꾸미지 않아도 큰 아름다움인 것을
산을 오르며 큰 울림으로 느낄 수 있었습니다.

돌산이어서 때론 계단으로, 때론 밧줄을 잡고 올라야 하지만
기암과 괴석이 주는 멋스러움과 웅장함을 그리 높지 않은 산에서 느낄
수 있음이 좋았습니다.
곰바위 위에 오르니 일망무제의 툭 트인 시야로 들어오는 풍광이 멋스럽고
비좁은 바위에 뿌리를 박고 천년세월을 견디어온 소나무의 모습이
분재처럼 작고 단아하여 아픔만큼 처연함이 느껴졌습니다.

정상부엔 여기저기 아무렇게나 흩어져 자란 철쭉이 군락을 이루어
추위 속에서도 꽃망울에 속살을 찌우고 있습니다.
철쭉의 계절이 오면 더 멋진 용화산의 탈태(脫態)한 모습을 볼 수 있겠지요.

열심히 준비해간 가스레인지의 이상 작동으로 정상에서 느낄 수 있는 라
면의 참맛이 없었고
계획된 코스를 다 진행하지 못한 아쉬움은 있었지만
좋은 사람들과의 고즈넉한 산행은 작은 행복을 가져다주었습니다.

용화산은 지네와 뱀이 서로 싸우다가 이긴 쪽이 용이 되어 하늘로 올라

갔다는 전설이 있어(누가 이겼는지는 너무 오래된 일이라 알 수 없고요)
龍華(化)山이라 이름 지었다고 하고
고대 국가의 맥국의 중심지여서 산중에 용화산성이 있으며
지역 주민의 정신적 지주로서 가뭄이 심하면 기우제를 지낸 곳이기도 하고
현재도 용화축전 때 산신제를 지내기도 하니
멀지 않으며, 높지도 않고 아기자기한 멋을 간직한 용화산을 한 번쯤 다녀와 봄 직합니다.

산을 내려오니 한 줄기 바람이 따사롭습니다.
아~ 봄이네요!

견득사의

우린 살아가면서 남에게 받을 때보다

무언가 베풀 때가 더 힘들 때가 있습니다.

그건 내가 가진 것이 아까워서가 아니라

남에게 상처를 주지 않고, 부끄러움에 처하지 않게 하면서

배려를 실천하는 것이 쉽지 않기 때문입니다.

부자 마을에 사는 거지보다는 가난한 마을에 사는 거지가 더 행복합니다.

그건 배고픔의 가치를 공유할 수 있어서가 아니라

부자보다 가난한 사람들이 더 많은 도움을 주기 때문입니다.

진정으로 배고파 보지 않은 사람은 배고픔의 진정한 의미를 알 수 없으니 말입니다.

정말 높은 사람은 직위로 자신을 드러내는 사람이 아니라

높은 자리에 있더라도 스스로 겸손을 실천하는 사람이고

진정한 부자는 금수저에 금잔을 사용하며 온갖 호사를 떠는 사람이 아니라

검소하며 묵묵히 남을 도울 줄 아는 사람입니다.

허생전의 말미에는 다음과 같은 부분이 있습니다.

허생은 실로 오랜만에 변 씨를 찾아갔다.
"그대는 나를 기억하겠소?"
변 씨는 놀라며 말했다.
"그대는 얼굴빛이 조금도 나아지지 않았군. 만 냥을 몽땅 털린 모양이구려."
허생은 웃으며 말했다.
재물로 인해서 얼굴이 좋아지는 것은 그대들에게나 있는 일이요.
만 냥이 어찌 도(道)를 살지게 한단 말이오."
그리고는 10만 냥을 변 씨에게 주었다.
"내 하루아침의 주림을 견디지 못하여 공부를 끝내지 못했소.
그것이 부끄러울 따름이오."
변 씨는 크게 놀라 일어나서 절했다.

물론 소설 속의 이야기이지만
책벌레로 가난하게 살아온 허생은 재물 앞에 초연하고
한양에서 최고 부자인 변 씨는 돈 앞에 절을 하고 있습니다.

재물 앞에 약해지는 것은 어쩌면 인간의 본성일 수 있습니다.
"사람은 죽어서 관 뚜껑을 덮은 뒤에야
자손과 재물이 쓸데없는 것임을 알게 된다."는 말이 있는 것처럼
적당함을 즐길 수 있어야 합니다.

나무는 여름에 그 무성했던 잎을 다 떨구고 겨울을 맞이합니다.
만약 꽃과 잎사귀가 귀하다 하여 있는 그대로 겨울을 맞이한다면
뿌리의 흡수보다 잎의 증발이 심하여 고사를 하거나

매서운 겨울바람 앞에 뿌리째 뽑힐는지도 모를 일입니다.

이율곡과 이황이 성리학을 양분하고 있지만
이율곡은 가난하였고 이황은 부유하게 살았습니다.
그 가난한 이율곡이 이런 말을 남깁니다.
견득사의(見得思義: 이득을 보면 의로운가를 생각하라)
이익이 있는 곳에 범죄가 들끓게 마련이니 경계하지 않을 수 없습니다.

미니멀리스트

젊은 시절 컴퓨터에 함몰되어 살던 시절이 있었습니다.
이찬진을 비롯한 아래한글 개발자들과 함께 기능 개선에 대하여
허심탄회하게 이야기할 기회가 있었지요.
*이찬진: 아래한글 개발자 대표(배우 김희애의 남편)

그때 어느 개발자의 이야기가 오래도록 뇌리에 남았습니다.
"저는 일반 사용자들이 평생 한 번도 사용하지 않을지도 모르는
기능을 개발하기 위하여 날밤을 새고 있습니다."

우린 아침에 출근하여 퇴근할 때까지 컴퓨터 앞에서 시간을 보냅니다.
각종 공문과 문서처리를 하면서 한글 프로그램을 이용하지만
메뉴 중 절반 이상은 한 번도 눌러보지 않았을 가능성이 높습니다.
어쩌면 스마트폰에 세 들어 살고 있는 전화번호의 절반 이상도
일 년에 한 번도 눌리지 않는 번호일 수 있습니다.

그러니 우리네 인생은 불필요한 것에 묻혀 살고 있는지 모릅니다.
모든 것에 관여하고 오지랖 넓고 복잡하게 살자는 이야기가 아닙니다.
복잡하고 다난한 관계망 속에 살아가면서 삶의 여유를 가지려면
될 수 있는 한 단순하게 사는 지혜가 필요하다는 것이지요.

생각이 복잡할수록 행복에서 멀어지는 경우가 많습니다.
힘들고 고단할 때 쓴 소주 한잔에 시름을 털어버리는 단순함이 좋은 것
이지요.

우린 온갖 색채로 도배된 그림을 보는 것보다
통일성 있고 여백의 미가 존재하는 단순한 그림에서 더 편안함을 느낍니다.

순수하고 맑은 영혼은 복잡하거나 번잡스러움에 존재하는 것이 아닙니다.
무언가를 수집하면서 더 갖지 못해 안달하는 삶보다는
허심하게 주고 놓아버리는 단순한 삶이 더 행복에 가까울 수 있습니다.

미니멀리스트(Minimalist)란 용어가 있습니다.
'적게 가지는 삶을 지향하는 사람들'을 이르는 말씀이지요.
생각해보면 우린 너무 많은 것을 가지고 있습니다.
집착이나 욕심, 번민을 버리고 욕망으로부터 자유를 얻는 것
작지만 행복으로 여행의 소중한 첫걸음입니다.

제6장

다르게
보는 힘

객관으로 살기

지구상에서 거대동물의 으뜸은 아마도 고래일 것입니다.
영화 해적엔 뱃멀미 때문에 산적이 된 배우 유해진이 나옵니다.
그가 산적들에게 익살스럽게 고래 설명하는데
산적들이 이해할 수 없는 장면이 있지요.

지금으로부터 1억6천만 년에서 6천만 년까지 약 1억 년 동안
지구는 공룡이라 불리는 거대동물이 지배하였습니다.
이상하게도 공룡들은 하루아침에 멸종되어 지구상에서 사라집니다.

왜 공룡이 멸종했을까요?
여러 가지 학설은 있지만 검증된 것은 없습니다.
혹자는 지구와 커다란 운석의 충돌로 인한 폭발 때문이라고 하기도 하고
큰 덩치를 유지하기 위하여 풀을 지나치게 많이 먹어 먹이가 부족해서라
고 하기도 하고
그 시절에 공룡 알만 전문적으로 먹어 치우는 생물이 출현해서라고 하기
도 하고
덩치 큰 놈들이 식후 트림과 방귀를 통한 메탄가스 방출로 인한 지구 온
난화 현상 때문이라고 주장하기도 하고
신종 플루와 같은 변종 바이러스에 의한 전염력 강한 질병 때문이라고

하기도 하고

넓은 표면적에 진드기가 출현하여 스트레스를 주었기 때문이라고 주장하기도 합니다.

이 모두가 검증되지 아니한 가설일 뿐입니다.

객관이 담보되지 않으면 그럴듯한 어떤 설명도 그건 주장일 뿐입니다.

화석으로만 존재하는 공룡에 관한 이야기를 하자는 것이 아닙니다.

더불어 사는 세상에서 주관을 줄이고 객관을 지향해야 한다는 것을 말씀하기 위함이지요.

나의 신념이 거부당할 때 우린 매우 불편한 마음이 됩니다.

자연과학이나 인문학이나 객관을 상실하면 학문의 가치를 유지하기 어렵습니다.

우린 의도와 상관없이 시도 때도 없이 쏟아지는 정보의 홍수 속에서 살고 있습니다.

어느 것이 객관적 진실일까를 일일이 확인하는 것도 불가능한 일이지요.

객관을 유지하려고 애쓰며 사는 사람도

때론 이해관계 때문에 마음이 흔들리기도 합니다.

주관에 함몰되어 스스로 한정된 세상에 가두는 것을 경계해야 합니다.

세상에 절대적인 객관은 불가능하겠지만 그래도 객관을 유지하려고 노력하는 사람만큼 멋진 사람도 없으니 말입니다.

일수사견(一水四見)

일수사견이라는 말이 있습니다.
하나의 물이 4가지로 인식될 수 있다는 말씀이지요.
즉 하늘에 사는 천인(天人)에게는 맑은 유리 보석으로
세상 사람들에게는 씻고 마시는 평범한 물로
물고기들에게는 자신이 살아가는 삶의 터전으로
아귀들에게는 자신들이 좋아하는 불로 인식된다는 것입니다.

이는 세상의 모든 것들이 사람들에게 동일하게 보이는 것이 아니라
보는 사람의 인식에 따라 각각 달리 보인다는 것입니다.
즉 현상은 하나이지만 개개인에게는 다른 해석으로 남는다는 것이지요.

따라서 우리는 판단의 정당성에 대하여 끊임없이 성찰할 수 있어야 합니다.
내가 느끼는 것은 나의 상황과 입장의 차이로 해석한 것이지
모든 사람이 사물을 인식하는 것과 동일한 것이 아니란 말씀이지요.
그래서 세상의 다양한 견해는 이해되고 존중되어야 합니다.

우리는 나의 견해로 상대방을 평가하고
나의 잣대로 상대방을 저울질하는 경우가 많습니다.
어쩌면 상대방의 커다란 문제의 본질은

상대를 평가하고 바라보는 자신의 관점에 있는지도 모를 일이지요.

일본 영화 「라쇼몽」이 있습니다.
산속에서 시체로 발견된 한 사무라이의 사인에 대해
3명의 현장 목격자는 서로 다른 증언을 합니다.
여인은 정절을, 산적은 용맹함을, 나무꾼은 금전 욕심을 통하여
사건을 보았기 때문입니다.
그리하여 진실은 미궁에 빠지고 말지요.

그러니 자신의 관점만으로 세상에 다가가서는 안 됩니다.
세상을 제대로 보려면 나와 남이 다르다는 것을 인정해야 하지요.
편견으로 점철된 배타와 독선으로 세상을 살아갈 것이 아니라
역지사지의 마음으로 너른 시각을 가져야 합니다.

개나리 진달래가 지천이고 벚꽃과 살구꽃이 어우러져 화려한 꽃 대궐을
이루어 설레는 봄도
설원을 좋아하는 북극곰의 입장이라면 오는 봄이 그리 달갑지만은 않을
것이기 때문입니다.

   다르게 보는 힘

행화촌

양구 생활이 벌써 5년째 접어드네요.

세월이 참 빠르다는 생각이 듭니다.

양구는 한자로 楊口라고 씁니다.

버드나무가 많은 금강산 가는 입구라는 의미이지요.

춘천(春川)은 봄내, 홍천(洪川)은 너브네, 철원(鉄圓)은 쇠둘레라고 한글화

된 명칭을 부르지만

양구는 그런 명칭을 사용하는 것을 듣지 못했습니다.

굳이 표현하자면 '버들입'이 되어 좀 이상하니 말입니다.

그래서 양구의 옛 지명인 양록(楊綠)에 애정을 가졌는지 모를 일입니다.

이상한 것은 양구에서 버드나무를 별로 보지 못했다는 것입니다.

양구의 가로수는 읍내는 주로 살구나무가

교외에는 은행나무가 심겨 있습니다.

그런데 묘하게도 살구나무와 은행나무를 지칭하는 한자 명칭은 행(杏)으

로 같습니다.

요즘 이 살구나무가 만개하였습니다.

이호우 시인이 노래한 「살구꽃 핀 마을」 정감 어린 것처럼

살구꽃은 언제 보아도 수줍고 겸손한 꽃입니다.

살구꽃이 많이 핀 마을을 행화촌이라고 부릅니다.
옛날에는 기생을 두고 술 파는 집을 행화촌이라고 불렀는데요.
이는 여인네의 상큼함과 핑크빛 무드, 그리고 봄날의 화려한 정취를 돋보
이게 하려고
술집에 살구나무를 많이 심었기 때문입니다.

기생은 없어도 양구는 행화촌입니다.
살구꽃이 다투어 피어나 꽃 대궐을 이룬 호시절
넉넉한 마음으로 봄을 즐기시기 바랍니다.

생명의 불완전함

조화와 생화를 구분하지 못할 때가 있습니다.
어느 땐 조화가 더 생화처럼 보이기도 하지요.
심지어는 만져보아도 그 생명의 유무를 판단하기 쉽지 않습니다.

그러나 자세히 보면 살아있는 것은 모두 불필요한 것을 달고 있습니다.
벌레 먹은 잎이나 누렇게 변색된 잎 시들어있거나 약간 변형된 잎들이

다르게 보는 힘

존재한다는 것이지요. 오직 조화(造花)만이 완벽한 모습을 하고 있습니다.

살아있다는 것은 이렇듯 불완전을 내포하고 있습니다.
살아있기 때문에 쓸모없는 것을 달고 있는 것이므로
원하든 그렇지 않든 간에 우린 살아가면서 자주 실수하고
때론 남에게 아픔을 주고, 창피스러운 일을 하게 됩니다.
그것이 사회생활을 어렵게 만들기도 하지요.

조화는 아름답고 오래갈지 모르지만, 생명력이 없으니
향기도 없고, 그만큼 가치도 없습니다.
누구든 완벽할 수 없는 것이 살아있음의 특징입니다.
그러니 좀 더 이해하고, 포용하고, 용서하며 살아야 합니다.

비아병야(非我兵也)

맹자에 나오는 이야기입니다.
맹자는 진실로 백성을 사랑하는 민본정치를 꿈꾸었습니다.

잘 사는 집의 애완동물은 사람들이 먹는 음식보다 더 좋은 음식을 먹는
데도 이를 통제하지 못하고

길가에 굶주리는 사람이 가득한데 창고를 열어 그들을 돕지 않으면서
사람이 죽으면 "그건 내가 그런 것이 아니고 상황이 그렇기 때문이다."라
고 말하는 위정자가 있습니다.

이는 마치 사람을 칼로 찔러 놓고
"이것은 내가 그런 것이 아니라 칼이 그런 것이다."라고 발뺌하는 것과 같
은 것이라고 말씀하고 있는 것이지요.
장자 즉양편에 나오는 이야기입니다.

옛날 임금들은 이득은 백성에게 돌리고 손실은 자기에게 돌렸습니다.
정당한 것은 백성에게 돌리고 그렇지 못한 것은 자기에게 돌렸습니다.
그리므로 사회적인 문제가 있을 때는 물러나서 스스로 책망했습니다.

그러나 지금은 그렇지 못합니다.
숨어서 일을 결정하고는 알지 못하는 사람을 우롱하며
매우 어려운 일을 시켜 놓고는 하지 못하는 사람을 벌줍니다.

무거운 임무를 맡겨 놓고는 감당하지 못하는 자들을 처내고
먼 길을 가게하고는 이르지 못한 사람들을 멸시합니다.
그리고 백성들의 능력과 지혜가 다하면 곧 속임수로 일을 충당하게 되지요.

백성들은 힘이 부족하면 속이게 되고
재물이 부족하면 도둑질하게 됩니다.
도둑질이 횡행하는 책임을 누구에게 물어야 하겠습니까?

다르게 보는 힘

결국 백성의 죄는 위정자의 책임이라는 말씀입니다.

이 말씀은 백성을 잘살게 하는 것이 정치의 근본이라는 것이지요.

총선을 앞두고 있습니다.

주변을 보면 스스로 돌아보아 반성하지 아니한 사람들의 주장이 넘쳐납니다.

그들의 말을 빌리자면

"내가 아니라 칼이 문제입니다."

개개인의 판단과 선택이 중요한 이유입니다.

군항제를 다녀와서

추위에 강한 나무가 있고, 더위에 강한 나무가 있습니다.

물을 좋아하는 나무가 있고, 물을 싫어하는 나무가 있습니다.

산을 좋아하는 나무가 있고, 들을 좋아하는 나무가 있습니다.

양지를 좋아하는 나무가 있고, 음지를 좋아하는 나무가 있습니다.

같은 나무라는 명칭을 사용하면서도 모두가 다른 특성이 있는 이유는

그들 모두 다른 존재이기 때문입니다.

봄을 화려하게 수놓는 꽃도 있고 남들은 열매 맺기에 분주한 가을에 피는 꽃도 있습니다. 엊그제 진해 군항제(軍港祭)에 다녀왔습니다.

한자로 풀이하면 "군대가 주둔하고 있는 항구에서 열린 축제"란 의미이
지요.

군항제는 원래 충무공 이순신을 추모하기 위하여 시작되었습니다.
그런 것이 일본의 국화인 사쿠라(벚꽃) 축제로 유명한 것이 아이러니하
지요.
그러니 군항제라 명명하지 말고 차라리 진해벚꽃축제라고 하는 것이 더
나을듯하다고 생각합니다. 장장 5시간을 달려 진해에 도착했건만
축제의 끝물이라 철 지난 38만 그루의 벚나무가 주는 감동은 없었고
흩날리는 꽃비를 맞으며 아쉬움을 삼켜야 했습니다.

안민도로와 여좌천 로망스 다리, 제황산 공원의 야경 경화역의 아름드리
벚나무 아래에서 잔설처럼 남아있는 빛바랜 벚꽃과 인파의 홍수 속에서
사람구경만 실컷 하고 돌아왔습니다.
*사람이 꽃보다 아름답지는 않았습니다.

많은 사람들이 군항제와 벚꽃을 동일시하지만
원래 우리 민족이 가장 존경하는 세계적인 위인
이순신의 얼을 기리는 축제라는 사실을 알아주었으면 하는 바람이 있습
니다.

우리 것은 소중하니까요.

다르게 보는 힘

문어

수중 생물 중에 공부를 가장 잘하는 것이 무엇일까요?

정답은 문어입니다.

한자로 文魚라고 쓰니 글월 문자가 들어 있는 이유가 그것이지요.

옛날부터 교육의 기회를 많이 잡은 사람들을 일컬어

"가방끈이 길다." 혹은 "먹물을 먹다."라고 표현했습니다.

그런데 문어의 머리엔 먹물이 들어 있으니

선인들이 공부와 관련지어 생각하게 된 것이고

그것이 결국 문어라는 이름을 탄생시킨 것이지요.

생각해 보면 먹물을 뿜는 연체류가 문어 하나만은 아닙니다.

주꾸미, 오징어, 꼴뚜기 이런 것들도 먹물을 뿜긴 마찬가지이지요.

그러나 생김새를 잘 보면 문어 대가리는 사람의 머리를 닮았습니다.

물론 주꾸미도 그렇긴 하지만 크기 면에서 비교가 되지 않지요.

그런 의미로 문어는 글을 아는 사람처럼 똑똑한 물고기이고

사람처럼 머릿속에 먹물깨나 들었다고 붙여진 이름임에는 틀림이 없습니다.

물론 문어가 지능지수가 높다고 하는 객관적 데이터는 존재하지 않지만

이름 붙임이 재미있어서 말입니다.

결혼 시즌입니다. 화려한 계절만큼 신부의 우아함이 돋보이는 계절이기
도 하지요.
결혼식장보다 피로연장을 더 선호하는 경향을 보이지만
피로연장 음식 중에 약간 얼린 문어의 쫄깃함이 맛있더라고요.
생뚱맞게 문어 이야기를 풀어 놓는 이유입니다.

내륙에서 자란 저는 말린 문어 뒷다리 하나만 있어도 행복했었습니다.
물론 문어의 전체적인 모습은 알지 못했을 뿐 아니라
문어 뒷다리와 앞다리는 지금도 구분하지 못합니다.

서양에서는 발이 여덟 개나 되는 문어를 탐욕의 상징으로 보아
캐리비안의 해적에 문어 장식 머리가 등장하기도 하고
오징어 다리는 열 개인데도 대기업의 무차별 몸집 불리기를
오징어발 경영이라고 하지 않고 문어발 경영이라고 하는 것을 보면
부정적인 인식도 적지는 않지만 달콤새큼한 초장에 찍어 먹는 문어숙회
의 맛은 일품임에는 틀림이 없습니다.

불공정 게임

세상은 평평하다고 누군가 이야기했지만
세상은 절대 평평하지 않습니다.
굴곡진 삶 앞에서 공평하지 않은 일이 많으니까요.

우리 민족이라면 누구나 단군신화 한쪽은 읽어봤을 것입니다.
곰 토템이니 호랑이 토템이니 하는 이론적 배경을 벗어나 그 현상 자체
를 바라보면
마늘과 쑥을 가지고 100일을 버티는 게임의 비공정성을 발견할 수 있습
니다.

혹자는 같은 기간과 같은 식재료를 가지고 동일한 조건하에 일어난 공정
한 게임이라고 생각할지 모르지만
자세히 들여다보면 허점이 발견됩니다.
일단 경쟁을 치르는 장소부터 그렇습니다.

호랑이는 개활지를 좋아하고 겨울잠을 자는 법이 없습니다.
곰은 가을에 체력을 비축하여 겨우내 동굴에서 겨울잠을 잡니다.
일단 동굴이라는 공간적 배경이 곰에게 유리한 셈이지요.
또한 먹거리도 그러합니다.

호랑이는 전적으로 육식에 의존합니다.

곰은 잡식성이지요.

그런 상태에서 마늘과 쑥을 가지고 100일을 지내라고 한 것은 아무리 생각해도 불공정한 일처리임에는 틀림이 없어 보입니다.

게다가 말입니다.

곰과 호랑이에게 공통으로 100일을 제시하지만

호랑이가 버티지 못하고 떠나자, 삼칠일(21일)만에 게임을 종료합니다.

적어도 공정한 게임이라면 어느 한쪽이 남을 때까지라는 조건을 제시하든지 아니면 100일을 기다리는 것이 옳은 것이지요.

세상은 참 공정한 것 같은 잣대를 내세웁니다.

능력의 균등이 아니라 기회의 균등을 이야기하고

같은 조건에서라면 열심히 노력하는 자의 몫이 크다고 이야기하지요.

100미터 달리기를 하려면 똑같은 선상에서 출발하여야 합니다.

그래야 열심히 노력한 자와 그렇지 아니한 자를 구분할 수 있지요.

그런데 세상은 그리 녹록하지 않습니다.

부모와 주변의 도움으로 50미터 앞에서 출발하는 자가 있는 반면에

기댈 것 없는 사회적 약자는 50미터 뒤에서 출발해야 하지요.

그러니 애초에 공정을 기대하기는 어려운 일입니다.

모두를 출발점에 나란히 세우기는 힘든 세상임을 압니다.

하지만 남들보다 앞서 있다고 우쭐하는 것보다

다르게 보는 힘

남들보다 뒤처져 있다고 좌절하는 것보다

앞선 사람이 기다려주고 처진 사람이 최선을 다해 어깨를 나란히 하는

세상을 꿈꾼다면

그건 지나친 이상일까요?

내려옴의 미학

가끔 지인들과 산을 오릅니다.

대부분 등산로는 힘들게 올라가 편하게 내려오는 길을 잡게 됩니다.

이는 산을 오르는 것보다는 내려오는 것이 더 어렵기 때문입니다.

대부분의 산악 사고는 등산길보다는 하산 길에서 발생하니 말입니다.

명성을 얻는 것보다는 내려놓는 것이 더 어렵고

재물도 얻는 것 보다 덜어내는 것이 더 어렵고

권력도 잡는 것 보다 내려놓는 것이 더 어렵습니다.

교만하기는 쉬워도 겸손하기는 어려운 것이며

개구리가 되기는 쉬워도 올챙이를 떠올리는 것은 쉽지 않은 일입니다.

사람은 누구나 할 수 있는 일을 하는 사람을 존경하지 않습니다.

남들이 하기 어려운 일에 솔선하고, 스스로 낮은 자세로 임하며

나를 낮추고 상대방을 높일 때 인격의 향기가 발하니
그런 사람을 존경하는 것이지요.

우린 열 달이란 기간을 어머니 뱃속에서 인내한 이후에 세상에 태어났습
니다.
하지만 죽음을 통하여 저세상으로 갈 때는 찰나의 순간밖에는 허용되지
않지요.
태어남이 오르막이라고 한다면 죽음은 내리막입니다.
그러니 내리막을 잘 준비할 필요가 있습니다.

제 잘난 맛에 사는 것이 인생이라지만
세월 앞에 겸손해야 하는 것이고
자랑으로 떠벌리기에 앞서 겸허하게 돌아볼 수 있어야 합니다.

세상은 관계입니다.

영화 「캐스트 어웨이(Cast Away)」를 보았습니다.
톰 행크스 주연인 이 영화는
무인도에 표류한 청년의 4년간 섬 생활을 담고 있습니다.

인간은 기본적으로 무리 짓고 기대어 살 수밖에 없는 존재입니다.
무인도에 혼자 남겨진 순간 그 사람은 시인이 됩니다.
문제는 성씨가 원 씨라는 것이지요.

주인공은 불을 얻기 위하여 나무의 마찰력을 이용합니다.
한나절을 걸려 온 손에 물집이 잡히고, 팔에 쥐가 날 정도의 노력 끝에
가까스로 불씨를 얻어냅니다.
라이터를 이용하면 아주 단순한 움직임만으로도 불을 얻을 수 있는 것을
그리 많은 노동과 시간을 들여야 했다는 것은 생각할 여지를 남겨줍니다.

칼이 없으니 원시 시대처럼 날카로운 돌을 사용할 수밖에 없고
무딘 날에 작업은 더디기만 합니다.
바늘과 실이 없으니 옷을 기워 입을 수도 없고……
예기치 않게 문명의 이기가 한꺼번에 사라진 환경에 처했을 때
처절함은 있을지언정 낭만은 없었습니다.

우리는 하루를 생활하면서 문명의 이기를 한순간이라도 사용하지 않는 경우는 없습니다.

문제는 사람의 관계 속에서 얻어진 편리한 도구를 사용하고 있음에도 별로 감사의 마음이 없다는 것이지요.

한 번이라도 이 도구가 없었으면 하는 상상을 해보았더라면 그것을 만들고 배포한 사람들에 대한 고마운 마음이 들 텐데요.

어찌 보면 불행도 이와 비슷합니다.

이미 내가 갖고 있는 것에 대한 감사의 부족이 불행의 씨앗이 됩니다.

적절한 비유일지는 모르겠지만 30년 동안 옥살이를 하고 출소한 사람이 맞이하는 아침의 태양은 그보다 더 찬란할 수 없을 겁니다.

그러니 우리가 순간순간 감사한 마음으로 주변을 대하면 세상이 행복으로 다가오지 않을까 하는 생각이 들어서 말입니다.

다르게 보는 힘

자유의 여신상과 족쇄

뉴욕 맨해튼의 Liberty Island에 서 있는 거대한 조각상인
자유의 여신상은 오른손에는 자유를 밝히는 횃불이
왼쪽에는 미국 독립선언서가 들려있는 것으로 유명합니다.

많은 사람들이 횃불을 들고 있는 모양은 기억하지만
여신상의 오른쪽 발로 족쇄를 밟고 있다는 것을 아는 이는 드물지요.
족쇄는 足鎖라고 씁니다. 발에 채우는 쇠사슬을 의미하지요.
우리말로는 차꼬라고 표현하기도 합니다.
죄인이나 노예가 도망가지 못하도록 발에 채우는 비인간적인 물건이지요.

지금 미국의 자유와 부의 기저에는 노예의 역사가 있었다는 것을
잊어서는 안 된다는 이야깁니다.
자랑스러운 것을 내세우고 수치스러운 것은 감추려는 것은 인지상정입니다.
하지만 치욕의 역사가 있었다면 그것 역시도 우리 것임에는 틀림이 없습
니다.

엊그제 진주성을 다녀왔습니다.
논개의 혼과 김시민 장군의 얼이 서려 있는 유서 깊은 곳이지요.
촉석루에서 바라본 남강은 고즈넉하고 아름다웠습니다.

우린 진주대첩(晉州大捷, 捷 이길첩)이라고 하여 1차 전투만 기억합니다.
하지만 1년 후에 일본군이 총력을 다해 쳐들어온 2차 전투에서는
성안에 있는 모든 살아있는 생명체는 몰살을 당합니다.
그런 치욕의 역사는 우리에게 크게 알려져 있지 않습니다.

역사를 두려워할 줄 알아야 합니다.
치욕의 역사가 있다고 하더라도 외면하고 묻어둘 것이 아니라
잘못이 있다면 통렬한 반성을 통한 기억을 해야 합니다.
균형 잡힌 시각을 갖춰야만 미래의 주인공이 될 수 있습니다.

과거사의 철저한 반성을 통해 미래의 주역으로 우뚝 선 독일.
그리고 그릇된 역사의식으로 주변의 왕따가 되어있는 일본.
우리가 배워야 할 큰 교훈임에는 틀림이 없습니다.

다르게 보는 힘

迂直(우직)과 愚直(우직)

迂直(우직)은 지름길보다 우회로를 택하는 것의 빠름을
愚直(우직)은 어리석고 고지식함을 뜻합니다.
어쩌면 어리석고 고지식함(愚直)이 오히려 지름길(迂直)이 될 수도 있다는
의미이지요.

손자병법은 기원전 6세기를 살다간 손무가 지은 병법서입니다.
2,600년의 갭을 딛고 현재에도 인구에 회자되고 있으니 옛 선인들의 지혜, 그 멋스러운 단면을 봅니다.

그 책엔 다음과 같은 글귀가 나옵니다.
이우위직 이환위리(以迂爲直, 以患爲利)
*우회함으로 지름길을 삼고 근심으로서 이로움을 삼는다.

"게으른 말이 짐 탐한다."라는 속담이 있습니다.
게으른 사람이 일하기 싫어 한 번에 많이 해치우려고 함을 비유한 말로,
일을 무리해서 서두르면 오히려 더디게 됨을 비유적으로 이른 말씀이지요.

삼일지정 일일행 십일와(三日之程 一日行 十日臥)라는 말씀도 있습니다.
사흘 걸리는 길을 하루에 주파하고 열흘 앓아눕는 것이지요.

서둘러 하는 일에는 무리함이 동반되고 그것이 오히려 더 늦어지는 결과를 가져올 수 있다는 것을 경계하는 글입니다.

옛 어른들은 바쁠수록 돌아가라고 말합니다.
바쁘면 가장 빠른 길로 가야지 돌아가라니요?
무엇을 몰라도 한참 모르는 이야기고
어찌 보면 참으로 어리석은 선택으로 보일 수밖에 없습니다.
하지만 그 말의 속뜻은 경황이 없어도 침착하게 행동해야 한다는 것을 의미하고 있습니다.

세상을 살다 보면 이익을 앞세우고 계산이 빠른 사람이 있습니다.
자신이 세상에서 가장 똑똑한 것처럼 행동하지만
그의 주변엔 좋은 사람들이 별로 보이지 않습니다.

우보천리(牛步千里)라고 했습니다.
뚜벅뚜벅 걷는 소의 발걸음이 천 리를 간다는 말씀이지요.
속도의 빠름이 지배하는 사회는 LTE급의 세상변화를 동반하고 있지만
그럴수록 소신을 지키며 우직하게 자신의 길을 가는 것이 필요합니다.
약간 모자란 것 같아도 믿음성 있는 지혜의 길이니까요.

그래서 선인들은 대교약졸(大巧若拙)을 이야기합니다.
커다란 지혜를 갖고 있는 사람은 마치 못난 사람처럼 보인다는 것이지요.

고통의 선택

가끔 지인들과 산에 오릅니다.

산을 오르다 보면 힘이 들고 숨이 턱에 차며, 고통스러울 때가 있습니다.

하산 길엔 관절의 통증과 다리 저림을 동반하기도 하지요.

하지만 누가 시켜서가 아닌 내가 선택한 길이기에 힘이 들어도 즐거움으로 그 길을 갑니다.

또한 등산은 시작하면 중간에 멈출 수 없습니다.

싫든 좋든 자기 발로 산에서 내려와야 끝이 나지요.

하지만 등산은 고통 속에 느껴지는 기쁨을 선사하기도 합니다.

고생을 즐기는 사람은 없겠지만

산을 오르는 과정에서 예기치 못한 야생초의 청초함을 만날 수도 있고

산이 주는 깊은 호흡 속에서 마음의 안정을 느낄 수도 있으며

정상에 올라 툭 터진 시야의 상쾌함을 느낄 수 있습니다.

그 느낌은 과정의 고통을 보상하고도 남음이 있지요.

나를 만들어가는 것은 내가 내리는 순간순간의 선택입니다.

이런 작은 선택이 모여 하루가 되고 일 년이 되고 인생이 됩니다.

그리고 선택에는 책임이 따르게 마련입니다.

우린 가끔 "다음에 잘하면 되지."라고 스스로 위로의 말을 하지만
다음은 존재하지 않습니다.

하려면 지금, 이 순간에 잘해야 하지요.
나의 정원에 꽃을 피우려면 지금 나가서 꽃을 심어야 합니다.

또한
밤하늘에서
검은 어둠을 보던
빛나는 별을 보던
그것은 개인적인 선택의 몫입니다.
선택이 참으로 중요한 이유일 겁니다.

꽃박람회에 다녀와서

고양 꽃박람회에 다녀왔습니다.
식물들은 물과 공기, 햇빛을 먹고 자라는 것은 같습니다.
하지만 꽃은 저마다의 형언할 수 없는 색채로, 다양한 생김새로
방문객의 눈길을 사로잡았습니다.

일산 호수공원에 마련된 꽃박람회는 다양한 꽃 전시는 물론
꽃을 입힌 조형물과 예쁘게 장식된 포토존이 멋스러웠습니다.
하나하나를 오래 보고 자세히 보면 너무나 예쁜 꽃들인데
지나치게 많다 보니 그 아름다움이 반감되는 느낌도 있었습니다.

어린왕자의 장미가 생각났습니다.
"네 장미꽃을 그렇게 소중하게 만든 것은
그 꽃을 위해 네가 소비한 시간이란다."

꽃들이 참 많아도 내게 소중한 것은
함께한 시간과 추억을 공유한 꽃임에는 틀림이 없습니다.
어쩌면 박람회장에 그리 많은 꽃이 있어도
내 화단에 피어 있는 꽃이 더 소중하고 아름다운 이유일 수 있지요.
거창에 가면 수백만 마리 오리의 군무를 볼 수 있습니다.

밖에 아무리 오리가 많아도 나의 새장에 있는 오리만큼 소중하지는 않습
니다.

그것은 나와의 관계에 기초하고 있기 때문이지요.

지금 여러분 옆에 있는 꽃은 어떤 사람인가요?

그리고 그 꽃 같은 사람과 함께 어떤 추억을 만들고 있으신가요?

주변에 널려있는 수백만 송이 꽃보다도 나의 장미 한 송이가 훨씬 소중
하다는 진실을 혹 잊고 있는 건 아닌지요?

산나물 뜯기

이른 계절 탓에 나물 철이 끝나갑니다.

엊그제 나물을 뜯을 요량으로 산에 올랐습니다.

2년 전에 산불 난 곳이 있어 고사리가 있을까 싶어 불탄 자리에 갔었지요.

안타깝게도 수령 50년은 넘어 보임 직한 소나무들이 모두 불에 타 말라
죽었고

그 자리엔 도토리나무, 산딸나무, 산초나무… 등등 주로 낙엽 활엽교목
들이

어린아이 키만큼 자라고 있었습니다.

     다르게 보는 힘

삼림도 경영이 필요합니다.

우리나라 산에는 경제 수림보다는 별 의미 없는 잡목이 많은데

불탄 자리에 우선 자라는 나무들이 잡목들이라 경제적으로도 손해가 많은 것 같았습니다.

큰 안목으로 보면 산불도 자연의 일부입니다.

산불이 나면 대부분의 초목은 타죽고 남은 재는 거름이 됩니다.

빛을 가리고 섰던 큰 나무들이 사라지고 나면 바닥까지 빛이 도달하게 마련이고

이는 작은 식생들이 자라기에 좋은 환경이 됩니다.

더불어 살아가는 세상의 관점으로 보면 관목과 교목의 어울려 사는 데에 산불이 일조하고 있는 것이지요.

어떤 일이든 장점만 있는 것도 없고 단점만 있는 것도 없습니다.

따라서 사물을 바라볼 때 거시적 안목을 가지는 것이 중요합니다.

불탄 산림에서

옷에 숯검정을 묻히며

고사리와 취나물, 잔대, 삽추, 으아리, 우산취. 적지 않은 나물을 뜯던 날

나물도 나물이지만 더욱 넓게 보고 뒤집어 생각하는 사고의 중요함을 깨달을 수 있는 좋은 시간이었습니다.

장미와 가시

산은 푸르러야 멋이 있습니다.
봄이 무르익은 요즘, 산의 푸름은 다 같은 푸름이 아닙니다.
그 조금의 차이가 가슴 벅찬 감동을 줍니다.

산에 오르면 수많은 수목을 만나게 됩니다. 일반적으로 흔하게 볼 수 있
는 식생도 있지만 산에 두기에는 아까운 멋진 종류의 수목도 있습니다.

줄기에 가시가 있거나 꽃받침에 가시가 있는 식물은 대부분 독성이 없어
순하고 단맛이 납니다. 가시로 위험에 충분히 대비할 수 있다고 믿기에
스스로 독을 품고 있지 않은 것이지요.

보기에는 아름다우나 독을 품고 있는 것이 많습니다.
천남성(첫 남성이 아님)은 잎과 열매가 아름답지만
조금만 섭취해도 목숨을 담보할 수 없는 맹독성 식물입니다.

무덤가에 청초하게 피어있는 할미꽃도 그러합니다.
어렸을 때 할미꽃 뿌리를 찧어서 시냇물에 풀어 물고기를 잡기도 했으니
뿌리의 독성의 대단함을 알 수 있습니다.
아름답지만 독이 있는 꽃들이 많습니다.

233

나팔꽃, 은방울꽃, 옻나무, 박새, 피마자, 도꼬마리, 까마중,
복수초, 금낭화, 은행, 애기똥풀, 능소화, 박주가리… 등등이 그러하지요.
그 아름다움에 속아서 독이 있는지 모르는 것들도 많습니다.

꽃만 그러한 것이 아닙니다.
지나치게 아름다운 사람도 치명적인 해를 끼치기도 합니다.

당나라 현종 때 양귀비는 안사의 난을 가져왔고
오나라 부차는 서시를 사랑하여 정사를 돌보지 않다가 나라를 망치고
주나라 유왕은 포사의 웃음을 보기 위하여 비단을 찢고 거짓 봉화놀이
를 하다가 나라는 물론 자신도 죽음에서 벗어나지 못했으며
은나라 주왕은 달기에 빠져 주지육림과 포락지형이라는 일화를 남기고
역사에서 사라졌습니다.

장미에는 가시가 있습니다.
장미를 꺾다가 가시에 찔린다면 그건 장미의 잘못은 아닐 겁니다.
그러니 아름다움을 대하는 마음의 자세가 중요합니다.

모든 것이 시각화로 치닫는 세상입니다.
멋진 비주얼을 만들기 위하여 거금을 들이기도 하고 때론 목숨도 잃기도
하는 참으로 이상한 세상이기도 하지요.
장미를 꺾으려면 가시를 잘 다스려야 합니다.
그것이 진정한 아름다움을 즐길 수 있는 여유로움이지요.

백안과 청안

눈은 마음의 창이라고 합니다.

미인의 가장 큰 조건 중의 하나는 아름다운 눈에 있습니다.

명나라 때 미인의 기준 중의 하나는 명모류면(明眸流眄)입니다.

즉 맑은 눈동자에 살짝 띤 눈웃음을 가져야 아름답다는 것이지요.

우리나라도 티 없는 눈에 까만 눈동자를 미인이라 했습니다.

물론 서양의 벽안(碧眼: 파란 눈)을 동경하기도 하지만

크고 맑은 청안(青眼)이 예쁜 것은 사실입니다.

표현 중에 백안(白眼)이 있습니다.

좀 더 정확히 표현하면 백안시가 맞겠지요.

흰 눈으로 바라본다는 것은 눈을 뒤집어서 남을 흘겨보는 것을 의미합니다.

보는 사람이나 당하는 사람이나 기분 나쁘기는 마찬가지일 겁니다.

사회적으로 잘못된 일을 보았을 때 고운 눈빛은 보내는 사람은 없습니다.

하지만 나와 생각이 다르다고 해서 백안시하면 안 됩니다.

우리는 얼굴과 모습이 서로 다르듯 생각과 가치관 또한 다르므로

나만 옳고 상대는 그르다는 인식은 자칫 편견과 오만으로 흐를 수 있습니다.

개성이 존중되는 시대…. 상대를 존중하는 것이 멋진 삶의 원천이 됩니다.

 다르게 보는 힘

제7장

시간의
주인

탄금대(彈琴台)를 다녀와서

남한강 자락에 포근히 안겨있는 탄금대를 다녀왔습니다.

나관중의 삼국지의 시작이

"오늘도 장강은 유유히 흐른다."라는 표현이듯이

역사를 껴안고 남한강은 오늘도 유유히 흐르고 있었습니다.

탄금대는 하안단구의 대표적 지형으로서 지리적으로도 의미가 있을 뿐만 아니라

너른 충주를 지키는 진산이기도 하고

나지막하지만 아름드리 소나무와 기암괴석 절벽이 어우러져 풍광이 참 아름다운 곳이기도 합니다.

이곳은 악성(樂聖) 우륵(于勒)이 가야금을 연주했다고 해서 붙여진 이름입니다.

우륵은 가야 출신으로서 가야에서 만들어진 가야금 연주가 아주 훌륭했다고 하지요.

그런데 우륵은 가야의 멸망을 예견하고 신라에 귀화합니다.

그리고 신라는 우륵을 충주에 기거하게 하지요.

가야금에 관한 전설과 사적이 가야 땅에 있지 아니하고

신라의 영토였던 충주에 있는 이유이기도 합니다.

나라의 운명이 풍전등화였던 때 신라에 귀화를 자청했던 우륵과

임진왜란 당시 이곳에서 배수의 진을 치고 나라를 지키고자 애쓰다 순국한 신립이 자연스럽게 오버랩 되었습니다.

한 사람은 자신을 위해 나라를 버렸고 한 사람은 나라를 위해 자신을 버렸습니다.

그런데 그 사적이 나란히 존재하는 것이 아이러니하게 느껴졌습니다.

악성 우륵을 폄훼하자는 의미가 아닙니다.

훌륭한 업적은 훼손하지 않되

역사적 준엄한 진실은 후세 사람들이 깨닫게 해야 합니다.

이 땅을 지키고자 목숨을 바친 선열들에게 부끄럽지 않은 후손이 되어야 하니까요.

딸기와 철

원래 딸기는 5~6월이 제철입니다.

노지에 딸기를 모종하여 길러내면 5월 초에는 수확이 가능하지요.

그런데 요즘은 5월을 딸기의 제철이라고 이야기하지 않습니다.

한겨울에 출하되는 딸기의 양이 5월을 추월하고도 남음이 있기 때문입니다.

일전에 한적한 절에 간 적이 있습니다.

뒤뜰을 거닐다 보니 노지 딸기가 꽃 피우고 열매 맺는 것이

여간 보기 좋은 게 아니었습니다.

요즘엔 노지에서는 보기 힘든 광경이거든요.

아이들에게 물어보면 딸기의 제철은 겨울이라고 할 것입니다.

하우스 안에서 생육온도를 맞추어 재배한 결과인 탓이지요.

또한 하우스 딸기의 당도가 노지재배보다 높으니 노지 재배를 꺼리기도

합니다.

사람이 철이 든다는 것은 농사의 시기를 알아 처신한다는 의미인데

세상 자체가 철이 없으니 문제입니다.

딸기 자체는 자연에서 얻은 것임에는 틀림이 없으나

그 과정에서 시설비 및 난방비 등 인공이 지나치게 많이 관여합니다.

그 인공이라는 말은 우리가 잘 알지 못하는 화학비료와
유통기간을 길게 만드는 온갖 방부제와
당도를 높이고 크기를 키우는 각종 영양제가 섞여 있다는 것을 의미하기
도 하지요.

그 모든 사실 안에는
사람들에게 철을 따지지 않고 먹거리를 제공하겠다는 의도보다는
또한 질 좋고 저렴한 먹거리를 제공하겠다는 의도보다는
오로지 돈을 많이 벌기 위한 목적이 자리하고 있습니다.
그러니 그러한 먹거리가 건강에 좋을 리가 없습니다.

지을수록 적자인 텃밭에 농작물을 열심히 심는 이유는
땅을 놀리면 벌 받을 것 같은 농경문화의 유전자가 기저에 깔려 있기 때
문이기도 하지만
깨끗한 먹거리를 내 손으로 길러 먹는다는 즐거움이 있어서입니다.

어찌 되었거나 마트에 가면 보기 좋고 먹음직스러운 과일이 넘쳐납니다.
대부분은 방부제에 도금되어 선박의 저온 창고에서 오랫동안 있었던 것
들입니다.
개인의 힘으로 세상을 변화시키기 힘들다면 흐르는 물에 잘 씻어 먹는
생활을 습관화해야 합니다. 몸은 소중하니까요.

가원관이불가설완

요즘은 연꽃의 계절입니다.

연못 위에 봉긋하게 솟아나 처연하게 피어있는 연은

고결한 여인네의 자태를 닮았습니다.

옛사람이 쓴 글 중에서 가장 감명 깊게 읽었던 것은

소동파의 적벽부(赤壁賦)와 주렴개의 애련설(愛蓮說)입니다.

군더더기 없는 필체에 깊은 사유를 통한 철학이 내재되어 있기 때문이지요.

애련설에는 다음과 같은 글이 나옵니다.

가원관이불가설완언(可遠観而不可褻翫焉)

멀리서 바라볼 수는 있어도 가까이서 만질 수는 없는 것이 연꽃이라는

것이지요.

연은 연못 안에 자리하고 있으니 함부로 가까이 다가갈 수 없는 위엄이

있습니다.

그것이 더욱더 고결함을 나타내주지요.

진흙탕 속에서 피어나면서도 때 묻지 않는 깨끗함.

물을 담았다가도 어느 정도 차오르면 스스로 비워내는 연잎의 무욕(無慾).

멀리 있어도 향기가 맑게 풍기는 존재로서의 순수(純粹).

한 떨기 연꽃에서 느낄 수 있는 기품이지요.

연은 아침에 피었다가 저녁엔 꽃잎을 오므립니다.
주렴개의 아내는 저녁이면 차를 종이에 싸서 연꽃에 재워두었다가
아침에 꽃이 열리면 꺼내어 남편에게 차를 달여주었다고 합니다.

기품 있는 꽃의 향기가 배어 있으니
그 차는 어느 차보다도 향기로웠을 것입니다.
옛사람의 풍취가 참으로 멋지지 않나요?

연꽃의 기품을 배워야 합니다.
변절자가 되기는 쉬워도 의리와 절개를 지키기는 쉽지 않습니다.
그래서 추사 김정희는 세한도에 이 말을 새겨 넣었습니다.
세한연후지송백지후조야(歲寒然後知松柏之後彫也)
※날씨가 추워진 연후에야 소나무와 잣나무의 푸름을 안다.

주말에 잠시 짬을 내어 연꽃을 찾아 나서는 것도 좋을 듯합니다.
춘천 의암호 주변에도 수질정화를 위해 심어 놓은 연꽃의 군락지가 여러
군데 있으며
양수리의 두물머리에 있는 세미원에도 연꽃이 한창일 것입니다.

진실 앞에서 진실하기

코끝을 간질이던 아카시아 꽃이 진 공간에

멀리서 어슴푸레 들려오는 개구리 소리가 옛 추억을 일깨우고

등굣길 환한 웃음으로 난만한 봄빛을 자랑하던 살구가

엄지손톱만 하게 실한 모습으로 속살을 찌우고

어린 줄만 알았던 텃밭의 고추가 하이얀 꽃망울을 터뜨리고

벌써 아기 새끼손가락만 한 열매를 매달았습니다.

우린 짧은 소매와 긴 소매를 오가며

널뛰기하는 기온을 탓하기만 하는데

그 와중에서도 식물은 부단한 성장으로 하루해가 짧으니

그 황소걸음 같은 꾸준함은 닮아야 하는 큰 덕목임을 깨닫습니다.

요즘 유명한 방송인이 매체에서 자취를 감추었습니다.

평소 그의 행적에 사기의 흔적이 드러났기 때문이지요.

만약 그 추악함이 드러나지 않았다면 지금도 대중들 앞에서

오만한 모습으로 세상을 호령하고 있을는지도 모르지요.

인간의 얄팍함을 봅니다.

잘못이 드러나 여론의 뭇매를 맞고 있는 지금이나

치부가 드러나지 않은 고결한 모습의 어제나 실은 같은 사람인데 말입니다.

어쩌면 내적 자기 성찰의 기준이
외적으로 보이는 남의 시선의 기준보다 턱없이 관대했기 때문일는지 모릅니다.

인간은 신이 아니니 누구나 잘못을 저지를 수 있습니다.
우리의 분노는 잘못을 부정하고 거짓말과 변명으로 일삼는 태도와 반성하지 않는 오만함에 기인합니다.

누구든 잘못이 없을까요?
누구인들 재물에 눈이 어두워 보지 않은 사람이 있을까요?
누구든 자신을 위하여 거짓말을 해 보지 않은 사람이 있을까요?
하지만 껍질이 벗겨지고 진실을 마주하게 될 때
마음 속에서 우러나는 진심으로 진실을 대할 수 있어야 합니다.

어쩌면 꾸미지 않고 한시도 쉬지 않으며 꾸준히 성장하는
식물에서 배워야 할 가장 큰 것이
과정의 꼼수를 부리지 않는 진실성에 있는 것이니까요.

정겨운 농촌풍경

야트막한 산에 포근히 안겨있는 시골집
개구리가 아련한 밤을 지새우고
물이 그득한 집 앞, 다랑논에 심긴 모가 유월을 노래합니다.
오디며 산딸기가 지천으로 익어가는 시골은 정겨움입니다.

우린 시골을 정겹다고 하지 도시의 빌딩 숲을 정겹다고 하지 않습니다.
그건 아마도 그 모습들이 추억 속에 자리하고 있기 때문인지 모릅니다.
선사시대의 박물관보다 5, 60년대의 추억 박물관이 훨씬 재미있는 이유
도 그 기쁨의 본질이 경험에 뿌리하고 있기 때문일 것입니다.

옛날엔 유월 초에 모내기하였습니다.
경운기가 없었던 시절이고 보면 힘 좋은 암소에 멍에를 씌워 써레질을 하
곤 했지요.
젖이 아직 떨어지지 않는 송아지가 일하는 어미 곁을 맴돌고
그리 바쁠 것 같지 않은 진양조의 농요(農謠) 속에 하루해가 저무는
한가로운 농촌은 평화 그 자체입니다.

육체적으로 힘이 드는 것과 마음의 평안을 얻는 것은 별개의 문제라는
것을

세월이 많이 지나고 나서야 알았습니다.

도시에 살면서 시골을 잊은 것도 문제이지만 소중한 이웃 간의 정을 잊은 것은 더 큰 문제입니다.

시골에 작은 땅을 부치다 보면 계획대로 심고 거두기가 어렵습니다.

이웃집에서 모종이 남거나 작물을 추천하여 생각지도 않았던 농작물을 재배하기 십상이기 때문이지요.

그 무계획적인 농사의 중심엔 인심이 자리하고 있습니다.

나이 들어 농촌을 찾아가는 이유는 농사 자체가 그리워서가 아니라.

우리가 잊고 살았던 따뜻한 정이 그립기 때문이 아닐까 하는 생각이 들었습니다.

우리가 더불어 살아가야 할 큰 이유이지요.

시간의 주인

유통기한

인간이 생산하고 소비하는 대부분의 물건엔 유통기한이 있습니다.

신선도를 담보하기 위하여 만들어진 제도이지요.

꼭 물건에만 유통기한이 있는 것은 아니랍니다.

사랑의 유통기한은 최장 3년이라고 주장하는 사람도 있으니까요.

인류가 만들어 놓은 것 중에 유통기한이 없는 것엔 무엇이 있을까요?

일단 알코올 함량이 많은 주류는 유통기한이 없습니다.

그리고 우리가 흔히 접할 수 있는 책 또한 유통기한이 없지요.

1999년 공익광고에서 대상을 받은 것이

"독서 유통기한, '평~생'입니다."란 문구랍니다.

아무리 좋은 책이 있다고 하더라도 열어보지 않으면 종이뭉치에 불과합니다.

독서의 높이가 삶의 높이입니다.

우린 왜 그리 바쁜지 모르겠습니다.

바쁘다는 핑계로 1년에 책 한 권도 읽지 않고 지내는 사람도 있지요.

우린 정말 그렇게 바쁜 것일까요?

친구와 밤 이슥하도록 술 마시고,

휴일이면 온종일 방바닥에 엑스레이 찍으며 TV 채널을 섭렵하면서도
표면적인 이유는 바쁘기 때문인 경우가 많습니다.

바쁘기보다는 관심이 없거나, 의지가 없는 것은 아닐까요?
깊은 사색을 통한 삶의 지혜를 배우는 것은 독서만 한 것이 없습니다.
유통기한이 없는 독서!
핑곗거리를 찾기 전에 도서관을 찾는 것은 어떨는지요?

사(死)의 찬미(讚美)

가수 윤심덕을 아시나요?
유부남을 사랑하여 이루지 못할 사랑 때문에
일본에서 사의 찬미라는 곡을 취입하고
현해탄을 건너오다가 사랑하는 사람과 검은 바다에 몸을 던진 가수이지요.

사의 찬미는 곡조가 구슬프고 가사가 애잔합니다.
가수의 이루지 못한 사랑과 죽음 때문에 더 유명해진 곡이기도 하지요.
내가 갖고 있는 것보다 갖고 있지 않은 것이 더 좋아 보입니다.
이루어진 사랑보다 이루지 못한 사랑이 더 절절한 것도 비슷한 이유일
겁니다.

　어쩌면 사의 찬미는 살고자 하는 삶의 애착이 전도(轉倒)된 표현일 수 있습니다.

　가사 중에 "돈도 명예도 내 님도 다 싫다"라는 표현이 있습니다.
　이것은 사람이 살아가면서 가장 가치 있게 여기는 것들이지요.
　초월적 물외인간(物外人間)으로서의 달관을 이야기하면 초인(超人)의 경지겠지만
　이루지 못한 것의 환상에 대한 꿈이라면 안타까움이겠지요.

　사의 찬미!
　우린 웃어른이 생을 마감했을 때 "돌아가셨다."라는 표현을 씁니다.
　그것은 원래 인간의 고향이 이승이 아닌 저승이며
　죽음이란 행위를 통하여 원래 있었던 곳으로 돌아갔다는 것을 의미하지요.

　90년 전의 노래를 들추어내는 이유는
　영화 「해어화」에서 잠깐 등장해서가 아니라
　우리나라에서 1년에 자살하는 사람의 숫자가
　이라크 전쟁에서 죽은 미군 병사의 숫자보다도 많다는 충격적 사실 때문입니다.
　어쩌면 '사의 찬미'는 '삶의 애착'의 다른 표현일 수 있는데 말이지요.

「사의 찬미」

"광막한 광야에 달리는 인생아
너의 가는 곳 그 어데이냐?
쓸쓸한 세상 적막한 고해(苦海)에
너는 무엇을 찾으러 하느냐?

웃는 저 꽃과 우는 저 새들이
그 운명이 모두 다 같구나!
삶에 열중한 가련한 인생아
너는 칼 위에 춤추는 자로다.

잘 살고 못 되고 찰나의 것이니
흉흉한 암초는 가까워 오도다.
이래도 한세상 저래도 한세상
돈도 명예도 내 님도 다 싫다."

훌륭한 농부

유월의 장미가 붉습니다.

철 따라 다른 모습으로 다가오는 풍경은 온대지방에서 나고 자란 사람들에겐

큰 축복임에는 틀림이 없습니다.

모름지기 순자는 良農不爲水旱不耕(양농불위수한불경)이란 말씀을 남겼습니다.

"무릇

훌륭한 농부는

홍수나 가뭄을 당해도 밭 가는 손을 멈추지 않는다."라는 말씀입니다.

훌륭한 장사치는 어쩌다 손해를 본다 해서 그 때문에 장사를 그만두지 아니하며

군자는 빈궁하다고 해서 그 때문에 정도를 벗어나 수양을 게을리하지 아니합니다.

세르반테스는 작은 실수로 교도소에 갇히는 신세가 되고 맙니다.

그러나 그는 교도소에서 뜨거운 창작 의욕을 느껴 그 열정을 한 권의 책으로 묶어내지요.

이 작품이 바로 『돈키호테』입니다.

환경이 어려울수록 본분을 잊지 않고 원칙에 충실한 결과이지요.

저의 첫 교직은 광산촌인 태백이었습니다.

그 어려운 시기에 우리 반 학생이 서울대에 진학하는 경사가 있었습니다.

그 학생의 아버지는 광부였고, 어머니는 생활고를 비관하여 가출을 한 상태였지요.

집은 학교에서 차로 40분 걸려야 갈 수 있는 '돌구지'라는 전형적인 탄광 마을이었습니다.

어디를 보아도 공부를 잘할 구석이라곤 보이지 않는데

그 학생은 새벽 4시에 일어나서 스스로 밥을 지어 아버지를 봉양하고

광업소 차를 얻어 타고 아주 일찍 등교합니다.

아무리 쉬운 것을 가르쳐도 자세를 흐트리지 않는 그의 성실성은 서울대 입학이라는 결과로 나타났습니다.

그때 서울대 등록금이 80만 원이었는데….

가난한 제자를 위하여 지역 유지들을 찾아다니며 사정을 설명하고 장학금을 부탁하여

320만 원을 마련해 준 기억이 있습니다.

그가 홍수나 가뭄 때문에 밭갈이를 그만두었더라면

그리 좋은 결과를 받아들 수 없었을 겁니다.

때때로 힘이 드는 것이 인생입니다.

거친 황무지에 홀로 남겨진 것 같은 생각이 들 때가 많은 것이 인생입니다.

쟁기를 팽개치고 싶은 순간마다 마음을 다잡을 필요가 있습니다.
환경이 중요한 것이 아니라 그에 대처하는 자세가 중요하기 때문입니다.

설중매

이른 봄 화사한 행복을 한 아름 선물해준 매화가
6월의 염천 아래 튼실한 열매를 살찌우고 있습니다.

시경엔 이러한 내용이 나옵니다.
梅経寒苦發淸香 人逢艱難顯其節
매경한고발청향 인봉간난현기절

"매화는 추운 겨울의 고통을 겪어야 더욱 맑은 향기로 피어나고
사람은 어려움을 겪어야 그 절개가 드러난다."

매화는 불빛 없는 산야에서 북풍한설을 온몸으로 받아내면서도
그 위대한 생명을 지켜, 봄에 한 떨기 꽃으로 피어납니다.
그것은 아무리 추위가 매서운들 봄이 올 것을 알기 때문입니다.

배는 항구에 정박해 있을 때가 가장 안전합니다.

그러나 그것은 배의 존재 이유가 아닙니다.

사람과 화물을 싣고 오대양 육대주를 돌아다닐 때 진정한 가치가 있는 것이지요.

그러기 위해서는 거친 파도와 폭풍우를 견디어야 합니다.

성어에도 마부작침(磨斧作針)과 수적천석(水滴穿石)이란 말이 있습니다.

*마부작침: 도끼를 갈아 바늘을 만든다.

*수적천석: 떨어지는 물방울이 돌을 뚫는다.

어떤 일이라도 부단한 노력과 끈기, 인내가 있다면 봄을 맞이할 수 있다는 이야기지요.

요즘 청소년들은 어려움을 겪어보지 못한 세대들입니다.

그러다 보니 인내력이 부족하고 쉽게 포기하는 경향이 있습니다.

맑은 향기를 간직하려면 추운 겨울을 인내할 수 있어야 합니다.

삶에 있어서 적당한 고난은 망망대해에서 한줄기 등대 같은 불빛일 수 있으니까요.

시간의 주인

겉이 아니고 속입니다.

고문관지에 나오는 말 중에
금옥기외 패서기중(金玉其外 敗絮其中)이라는 말씀이 있습니다.
"겉은 금색이나 속은 말라버린 솜덩이."란 뜻입니다.

항주에 귤을 파는 상인이 있었습니다.
여름에는 신선한 귤이 별로 없는데 이 상인은 황금빛이 도는 아주 신선한 귤을 팔고 있었지요.
어느 날 유기는 이 귤을 사 가지고 집으로 갑니다.
그런데 껍질을 벗겨보니 속이 솜처럼 말라비틀어진 것이 도저히 먹을 수 없는 것이었습니다.

화가 난 유기는 상인을 찾아가 따집니다.
그런데 상인의 반응이 뜻밖입니다.
"제가 이 귤을 판 지가 몇 년 되었는데 아직 뭐라고 항의하는 사람은 없었습니다.
내가 사람을 속였다 해도 그건 내 생계를 위한 것일 뿐입니다.
고관대작들을 보면 이 말라빠진 귤처럼 겉은 번지르르하지만 속이 썩은 사람이 한둘이 아닙니다."
유기는 그냥 돌아설 수밖에 없었다는 이야기입니다.

성어에 권상요목(勸上搖木)이라는 말씀이 있습니다.

나무에 올라가라고 꼬드기고는 밑에서 흔드는 것을 의미하지요.

양질호피(羊質虎皮)라는 말씀도 있어요.

본질은 양인데 겉가죽만 호랑이라는 뜻입니다.

모두가 본바탕을 도외시한 체 겉모양만 꾸밈을 이르는 말입니다.

사람을 대하면서

호감이 점점 비호감으로 바뀌는 사람이 있고

비호감이 호감으로 바뀌는 사람이 있습니다.

그 바뀜의 기준에는 속 깊음이 자리하고 있습니다.

그러니 눈으로 보지 말고 마음으로 봐야 하는 것이고

귀로 듣지 말고 마음으로 들어야 합니다.

늘 겉보다는 속입니다.

시간의 주인

열린 문

닫힌 문 때문에 고생을 한 경험은 누구나 한 번쯤은 겪어봤음 직한 일입니다.

문이란 '간혹 통로로 쓰일 필요가 있을 경우 통로의 기능도 할 수 있도록 고안된 특수한 형태의 벽'일 수 있습니다.

결국 닫힌 문은 벽인 셈이고 열린 문은 통로인 셈입니다.

문은 경계를 조건으로만 존재합니다.

그러니 문은 열려있을 때는 소통이지만 닫혀있으면 단절을 의미합니다.

우리가 매일 이용하는 도로엔 문이 없습니다.

만약 문이 존재한다면 그건 구분을 의미합니다.

절에는 대부분 일주문이 있습니다.

*일주문(一柱門): 기둥 하나로 된 절의 입구에 설치되어 있는 문

일주문으로 들어간다는 것은 차안(此岸)의 세계에서 피안(彼岸)의 세계로 들어섬을 의미합니다.

문을 경계로 이편과 저편을 구분하니 문은 단순히 열고 닫는 구조물로써의 기능 이상의 의미가 있습니다.

시간이 지나면서 하나씩 문을 닫아가는 사람이 있고

살아가면서 하나씩 문을 열어가는 사람이 있습니다.

중요한 것은 마음의 문은 누군가가 대신해서 열어줄 수 없다는 것이고
반드시 안에서 열어야 밖으로 향할 수 있다는 것입니다.
우린 결코 아는 자가 되지 말고 언제까지나 배우는 자가 되어야 합니다.
그건 항상 마음의 문을 열어두었을 때 가능한 일입니다.

멈추지 않는 시냇물은 결코 썩는 법이 없습니다.
날마다 새로움을 추구하는 사람도 생각이 경직될 틈이 없습니다.
그러니
항상 열린 마음으로
고여 있거나 멈춰있지 말아야 합니다.

핑 계

임진왜란은 일본이 정명가도(征明仮道)를 요구했는데

우리나라가 들어주지 않아서가 표면적 이유입니다.

말도 안 되는 이 터무니없고, 무례한 요구는

실상 일본이 대륙을 향한 꿈을 실현할 발판으로써 우리나라를 치겠다는

의지의 표현인 셈입니다.

*정명가도(征明仮道): 명나라를 치려는데 길을 빌려 달라.

어차피 섬나라인 일본이 명나라를 치려면

바로 중국 본토로 이동하는 것이 전술이나 전략 면에서 유리합니다.

그런데 굳이 부산에 내려서 무거운 병장기를 들고 수천 리를 걸어 명나

라까지 가겠다는 것은 삼척동자가 웃을 일입니다.

즉 길을 빌려달라는 것은 조선을 치기 위한 핑계에 불과한 것이지요.

우린 살아가면서 원치 않는 시비에 휘말리기도 하고

핑곗거리를 찾아 그 뒤에 안주하려는 경향을 보이기도 합니다.

핑계는 어려운 상황에서 우리를 도와줄 뿐만 아니라

절망에서 구해주는 역할을 한다고 믿기 때문에 핑계를 그만두기는 어렵

습니다.

살아온 삶을 뒤돌아보면

핑계가 좋은 결과를 가져오기는 어렵다는 결론에 이르게 됩니다.

사소한 핑계가 거짓말을 낳고 결국 인생이 꼬이는 결과를 초래하기 때문입니다.

어찌 보면 사회적으로 학습된 고정관념이 핑계로 작용할 수도 있습니다.

그러니 난 원래 그런 사람이라는 관념을 버려야 합니다.

"핑계 없는 무덤 없다."라는 말이 있고 보면 우리 사회에서도 예로부터 핑계가 만연해 왔음을 알 수 있습니다.

핑곗거리를 찾기보다는 책임지는 의연함이 중요합니다.

그것이 보다 나은 내일을 선물하기 때문이지요.

인생을 멋지게 살아내는 방법의 하나는 불필요한 핑계와의 결별이 아닐까 하는 생각이 들어서 말입니다.

시간의 주인

시간 빈곤자(Time Poor)

시간은 영속성과 비가역성의 특징을 갖고 있습니다.
인간의 두뇌가 그 일정 부분의 단면을 저장하여
추억이란 이름으로 부르기도 하지요.

또한 시간이란 지나간 것을 재생할 수 없으며
다른 어떤 것으로도 대체 불가능합니다.
그리고 돈으로 남의 시간을 사서 나를 위해 일을 하게 할 수는 있지만
원천적으로 증여나 상속, 대여나 회수할 수 없기도 하지요.

중요한 것은 시간은 참으로 공평해서 누구에게나 똑같이 주어진다는 것과
살아있는 동안에는 아무런 대가를 요구하지 않고 공짜로 제공된다는 사
실입니다.

그런데 항상 이 시간이 문제입니다.
산업화의 물결을 타고 자동화된 설비와 로봇의 활성화로 사람의 일은 참
많이 줄었는데도
현대인들은 늘 시간이 없다고 합니다.
Time Rich로 남아도는 시간을 Killing 해야 하는 사람이나
Time Poor로 시간에 헐떡이며 살아가는 사람이나

불행하기는 마찬가지입니다.

시간 관리에 실패한 것은 같기 때문이지요.

어떤 유명한 사람은 향후 2년간의 일정이 꽉 차 있다고 자랑합니다.

전형적인 Time Poor로서 시간의 노예로 살고 있는 그의 삶은

돈과 인기와 명예를 얻었을지는 몰라도

떠가는 흰 구름을 벗하며 강가 언덕에 앉아 세월을 낚는 삶을 사는 사람

보다 행복해 보이지 않습니다.

우리나라 전체 인구의 45%가 Time Poor라고 합니다.

여유란 스스로 만들어가는 것입니다.

자칫 불행의 함정으로 빠질 수 있는 시간의 굴레에서 하차해야 합니다.

그건 순전히 관념 속에 존재하기 때문이지요.

여백이 그림을 아름답고 평화롭게 하듯이

삶의 여백 또한 인생을 풍부하고 여유롭게 합니다.

인생은 짧습니다.

불로초를 구해 영원한 삶을 희구하던 진시황은
호화로운 아방궁을 짓고 그 부와 명성을 유지하기 위하여 만리장성을
쌓습니다.
그러나 그렇게 웅장하고 기세등등하여 영원할 것 같은 제국은
만리장성을 축조하는데 진을 뺀 나머지 그게 원인이 되어 멸망의 길을
걷습니다.

우린 영원히 살 것 같지만
인생은 짧고 삶은 유한합니다.
인간이 누리는 부귀영화 또한 짧고 덧없습니다.
그러나 부와 권력을 잡게 되면 인생이 짧고 덧없다는 생각을 잊어버리기
쉽습니다.

생자필멸(生者必滅)이라 했습니다.
생명이 있는 것은 언젠가 반드시 죽게 마련이라는 것이지요.
그러니 사랑만 하며 살아도 짧은 것이 인생입니다.

화려함을 자랑하는 꽃도 며칠 지나면 지게 되고
푸름을 구가하던 나뭇잎도 계절이 지나면 남김없이 떨어집니다.
부와 명예 또한 언젠가는 우리 곁을 떠나갑니다.

다만 욕심 때문에 죽을 때까지 움켜쥔 돈과 권력을 내려놓지 못하는 것
이 문제이지요.
그 중심엔 인간의 탐욕이 자리하고 있습니다.

진시황은 아방궁으로 탐욕의 명성을 날렸지만
우린 지금도 탐욕의 아방궁을 무수히 지었다가 허물며 영욕과 흥망의
굴레를 벗어나지 못하고 있는 것은 아닐는지요?

24세에 요절한 영화배우 제임스 딘은 이런 말을 남겼습니다.
"영원히 살 것처럼 꿈꾸고 오늘 죽을 것처럼 살아라."

시간의 주인

임전유퇴(臨戰有退)

우린 때론 기계적으로 암기한 지식의 편린들을
아무런 비판이나 깊은 사고 없이 받아들이곤 합니다.
그리고 그것을 넘을 수 없는 장벽처럼 절대 선(善)으로 여기기도 하니
고정화된 관념의 원인이기도 하지요.

옛 신라의 화랑도는 세속오계를 암송했습니다.
그 계율 중의 하나가 임전무퇴(臨戰無退)입니다.
전쟁에 있어서 후퇴가 없다는 것은 용감무쌍한 군인들의 일면일 수 있지
만 또 다른 시각으로 보면 무모하기 그지없는 선택일 수 있습니다.

세상은 나와 남으로 구성되어 있습니다.
그것은 독불장군의 삶이 아니라 양보와 타협을 통한 관계가 요구된다는
것을 의미하지요.

상대방을 나에게 한 발짝 다가오게 하려면
나도 한 발짝 상대에게 다가갈 수 있어야 합니다.

때론 지는 것이 이기는 것일 수도 있고
사랑과 용서로 감싸 안는 것이 최선일 때도 있습니다.

우린 학창시절부터 임전무퇴를 배우고 살아왔지만, 임전유퇴 할 수 있어
야 합니다.

물러남은 지조 없고, 창피하고, 나약하게 여겨질지는 모르겠으나
한 발짝 물러나 생각할 때 출구가 보이게 마련이고
함께 사는 세상에서 관계의 멋스러움을 확보할 수 있게 마련입니다.

전투적인 사람보다는 허용적인 사람이 좋습니다.
이제는 임전무퇴가 아니라 임전유퇴가 되어야 하고
가급적 임전(臨戰)까지 가지 않는 삶을 살아가기 위해 노력해야 합니다.
사랑만 하고 살기에도 짧은 세월이니 말입니다.

밤

홀어미의 가슴을 설레게 했던 밤꽃이 져 갑니다.
그 자리에는 어린 성게 같은 밤송이가 미니어처로 매달려있습니다.
밤이 길어지는 가을이 되면 밤도 단단히 여물어 가겠지요.

아람 벌은 밤송이 하나엔
밤톨이 한 개에서 세 개까지 들어 있습니다.
밤이 대추에 이어 제사상에 빠지지 않는 이유는
이 삼이란 숫자의 길(吉)함에서 유래합니다.
왕(대추) 이하 삼정승(밤)을 상징하기도 하니까요.

또한 밤은 다산의 아이콘입니다.
신랑 신부가 폐백드릴 때 시부모가 신부의 치마에 던져주는 것도 밤입니다.
어쩌면 남녀 사이의 교접이 밤에 이루어지니
밤을 던져주는 이유는
낮을 밤 삼아 자손을 만들라는
웃어른의 염원이 들어 있는지도 모를 일입니다.

이 밤을 한자로 하면 율(栗)입니다.
이이(李珥)의 호가 율곡(栗谷)인 것은 그가 밤나무골과 관련 있기 때문이지요.

밤꽃이 피어있는 것을 보면
우리 산야에 이토록 밤나무가 많았었나 하는 생각이 듭니다.

꽃이 지고 나면 묵묵히 열매를 키워내는 밤나무의 진정성을 배워야 합니다.
알밤의 고소함은 세월 속에서 일구어진 꾸준함의 결과물이니 말입니다.

비너스

알퐁스 도데의 『별』에 나오는 이야기입니다.
산속에 사는 목동과 도회지에 사는 스테파니 아가씨의 아름다운 사랑
이야기 중에 다음과 같은 내용이 나옵니다.

“그렇지만, 온갖 별 중에도 제일 아름다운 별은요,
아가씨, 그 건 뭐니 뭐니 해도 역시 우리들의 별이죠.
저 ‘목동의 별’말입니다.
우리가 새벽에 양 떼를 몰고 나갈 때나
또는 저녁에 다시 몰고 돌아올 때,
한결같이 우리를 비추어 주는 별이랍니다.”

시간의 주인

'목동의 별'은 금성을 의미합니다.

우리가 흔히 보는 천체 중에서 세 번째로 밝은 별이지요.

태양과 달을 제외하면 별 중에 가장 빛나는 별입니다.

이 금성을 비너스(Venus)라고 부르기도 하고, 샛별이라고 부르기도 합니다.

사랑과 미의 여신 아프로디테와 비너스는 같은 말이고 보면

별의 원래 모양과는 상관없이 가까이서 밝게 빛나기에 아름다운 이름을 얻은 듯합니다.

불과 100여 년 전 전망하더라도

밤에 보이는 것이란 별빛밖에 없었기 때문에

별빛은 먼 길 행로를 잡는데 기준점이 되었습니다.

그것이 꿈을 의미하기도 하고, 소망이나 염원의 표상이 되기도 하였지요.

따라서 네비게이터(Navigator: 항해사)나 파이오니아(Pioneer: 개척자)

익스플로러(Explorer: 탐험가)들이 가장 중요하게 여겼던 것이 별이 아니었을까 생각합니다.

요즘은 인공으로 만들어진 기계장치의 우수함 때문에

별이나 등대, 나침반처럼 방향을 지시하는 대상들이 별 쓸모가 없는 세상이 되었습니다.

기계가 안내하는 것은 정확하고 편안하지만

스스로의 방향성을 인지하는 데는 그리 효과적이지 않습니다.

요즘엔 별을 보기가 좀처럼 쉽지 않습니다.

시간이 없어서가 아니라 너무 밝은 주변 덕분이지요.

어쩌면 신화와 이야기가 숨 쉬는 대상으로서의 별을 꿈꿀 수 있다는 것
은 행복일 텐데 말입니다.

불가불가(不可不可)

한문은 대표적인 고립어입니다.

*고립어: 어형이나 어미의 변화 없이 어순에 의해 문법적 관계가 성립되
는 문장

따라서 어디서 끊느냐 하는 것이 문맥상 참으로 중요하지요.

국권 피탈에 울분을 토로하다 자결한 홍범식은 이렇게 말합니다.

不可不可

또한 을사오적의 하나인 매국노 이완용도 이렇게 말하지요.

不可不可

독립선언문을 기초했으면서도 친일에 앞장섰던 최남선도 이렇게 말합니다.

不可不可

홍범식의 不可不可는 죤可/不可입니다.

 시간의 주인

절대로 되어서는 안 된다는 말씀이지요.

이완용의 不可不可는 不可不/可입니다.

不可不은 이중부정이니 옳지 않은 것이 아니다. 즉 강한 긍정의 의미이지요.

최남선의 不可不可는 不/可/不可입니다.

옳은 것인지 옳지 않은 것인지 판단할 수 없다는 뜻입니다.

문장은 하나인데 어떻게 끊어서 해석하느냐 하는 것에 따라

전혀 다른 의미가 되는 것이 한문의 특징입니다.

그러니 자기가 유리한 대로 자의적인 해석이 난무하는 이유이기도 하지요.

우린 어떤 사건을 접했을 경우 평소에 느끼는 대로 사실을 곡해하는 경향이 있습니다.

따라서 같은 상황 같은 사실을 보았더라도 해석은 사람마다 다르기 마련이지요.

그것은 경험에 따라 현상을 보는 눈이 다르기 때문입니다.

그래서 객관적인 잣대를 가지려고 하는 노력이 중요합니다.

그리고 다른 사람이 나만큼 모를 것으로 생각하는 것은 위험한 일입니다.

아는 만큼 겸손해야 합니다. 그것이 사람을 더 크게 만들기 때문입니다.